KB124215

우리의 환대

장희원 소설집
우리의 환대

초판 1쇄 발행 2022년 12월 7일
초판 2쇄 발행 2023년 2월 13일

지은이 장희원
펴낸이 이광호
주간 이근혜
편집 윤소진 김필균 이주이 허단 방원경 유하은
마케팅 이가은 허황 이지현 맹정현
제작 강병석
펴낸곳 ㈜문학과지성사
등록번호 제1993-000098호
주소 04034 서울 마포구 잔다리로7길 18(서교동 377-20)
전화 02) 338-7224
팩스 02) 323-4180(편집) / 02) 338-7221(영업)
대표메일 moonji@moonji.com
저작권 문의 copyright@moonji.com
홈페이지 www.moonji.com

ⓒ 장희원, 2022. Printed in Seoul, Korea
ISBN 978-89-320-4104-9 03810

우리의 환대

장희원 소설집

문학과지성사

차례

폭설이 내리기 시작할 때

그해 겨울 여정의 아버지에게 놀러 오라는 초대를 받았다. 그는 최근에 공기 좋고 물 좋은 곳으로 이사를 했다고 했다.

"보고 싶구나."

전화로 이것저것 안부를 묻다가 그는 뜬금없이 그렇게 말했다. 그래서였을까. 나는 순순히 가겠다고 대답했다. 오랜만에 공기 좋고 물 좋은 곳에서 반나절을 보낸다면 기분 전환도 될 것 같았다. 재희와 함께 가겠다는 말에 그는 진심으로 기뻐했다. 그는 우리가 올 때까지 얼마든지 기다리겠다고 했다.

하지만 막상 시간을 내기가 쉽지 않았다. 내가 괜찮으면 재희가 당직이었고, 재희가 괜찮다고 하는 때는 내가 일이 있었다. 차일피일 미루다가 정신을 차렸을 때는 나, 지금 아무것도 하고 있지 않잖아, 하고 깨달았을 때였다. 혼자 소파에 비스듬히 기대 오래도록 무료하게 텔레비전만 쳐다보고 있었다. 재희에게 전화를 걸어 뭐해,라고 묻자 잠깐의 침묵이 흐른 후 아무것도,라는 대답이 돌아왔다.

"이 길이 맞아?"

재희는 국도로 빠지자마자 무언가 이상하다는 듯 물었다. 나는 내비게이션이 가리키는 대로 따라왔다고 했지만 어느새 화면 속 화살표는 망망대해 위에 있었다. 이것 봐. 이게 문제야, 넌. 재희는 차를 산 지가 언제인데 아직도 업데이트를 해두지 않았느냐고 타박하다 휴대폰을 꺼내 길을 검색했다. 덕분에 북동쪽으로 방향을 바로잡을 수 있었다. 잠시 후 포장되지 않았지만 아까보다는 더 올곧고 좁은 길을 찾을 수 있었다. 그 길을 따라 조금씩 빠르게 이동했다. 재희는 잠시 망설이는 것 같더니 창문을 열어 바깥으로 손을 뻗었다. 초가을처럼 맑고 쌀쌀한 날씨였다. 좋다. 재희가 눈을 감고 차가운 바람을 맞으며 중얼거렸다. 창밖으로는 들판이 빠르게 사라지고 있었다. 그러게. 나는 잠시 고개를 돌려 재희 쪽에 있는, 누렇게 메말라버린 논밭을 힐끗 보고는 대답했다. 그 대화를 끝으로 누가 먼저라고 할 것 없이 말이 없어졌다. 갑자기 찾아온 적막에 어색해졌지만, 이상하게 마음만은 편안해지기도 했다. 룸미러에 비친 재희와 나는 친구보다는 자매처럼 비슷한 얼굴을 하고 있었다. 각자 무덤덤한 얼굴로 아무것도 없는 풍경을 바라보거나 라디오를 틀어 주파수를 맞췄고 고개를 숙여 히터의 온도를 조금 더 높였다가 답답하다며 다시 낮췄다. 그렇게 한참을 달린 끝에야, 주변에 보이는 것들이 하나같이 심심하다 못해 지루하게 느껴질 즘에야 그곳에 도착할 수 있었다.

"어서 와라."

여정의 아버지가 우리를 반겼다. 전체적으로 황량하고 쓸쓸한 곳이었다. 조용한 곳이기도 했다.

재희는 그를 보자마자 웃으며 얼굴이 좋아졌다고 했다. 콘크리트를 바른 마당에 우뚝 서 있던 그는 그러냐, 하고 수줍게 웃었다. 그는 점퍼 지퍼를 목까지 채운 채 주머니에 양손을 넣고 있었다. 예전보다 살이 붙어 입고 있는 옷이 작아 보였다. 전체적으로 온순한 인상이었지만 회색빛 머리칼 아래로 주름이 지고 햇볕에 탄 얼굴이 드러났다. 나는 차에서 내리자마자 확연히 느껴지는 쌀쌀한 날씨에 어깨를 움츠렸다. 한편으로 춥지만 깨끗한 기운이 마음에 들어서, 그가 왜 이곳으로 이사를 왔는지 알 것 같았다. 내가 숨을 깊게 들이마시자 옆에 있던 재희도 너무 한 자세로 오래 있어서 답답하다며 기지개를 켰다. 비가 왔나? 재희가 팔을 뻗으며 중얼거렸다. 아마 주위에서 느껴지는 축축한 기운 때문에 그러는 것 같았다. 물기를 머금은 짙은 풀냄새가 사방에서 진동했다. 아니다, 여기는 원래 이렇다. 어느 틈엔가 그가 불쑥 끼어들어 저 멀리 산등성을 가리켰다. 한적한 시골이라 보이는 조망이라고는 들판과 먼 산뿐이라 그가 어느 곳을 가리키는지 알 수 없었다. 나는 그냥 저 멀리 보이는 산의 중간쯤 되는 곳에 있는 우듬지를 바라보았다.

"저 산 때문에 그늘이 진다. 그래서 항상 여기가 어두워. 해도 늦게 든다."

북사면 때문에 해가 늦게 들고 또 빨리 진다, 그 바람에 이곳이 그늘지고 축축하다,라는 말에 우리는 그렇구나, 하고 고개를 끄덕였다. 재희나 나나 시골에 대해 잘 몰랐고, 나는 그냥 이른 아침의 찬 기운이 아닐까 싶었지만 시간이 지나면서 보니 차츰 이곳이 음습하다는 생각이 들었다. 어디선가 물 흐르는 소리가 들렸다. 아마 근처에 수로가 있을 것같았다. 나는 지난가을에 떨어진 나뭇잎들이 흘러가지 않고 수면 위에 고여 있을 것이라고 생각했다. 어디선가 차곡차곡 시간을 두고 쌓인 잎들이 물길을 막고 있을지도 몰랐다.

그래서 자꾸만 떨쳐내려고 해도, 무언가 시간을 두고 천천히, 아주 조금씩 썩어가는 냄새가 나는 듯했다.

그는 조금 신이 났는지 내친김에 이곳저곳을 더 설명해주었다. 저기 보이는 전봇대를 두고 왼쪽에 있는 밭은 들깨를 심은 곳이고 오른쪽은 흑땅콩을 심은 밭이다. 동네에 고추를 크게 하는 사람이 있는데 올봄에 450주 중에 250주는 저쪽 하우스에 심고 200주는 노지에 심었다더라. 아무 생각 없이 그런 말들을 듣고 있자니 여기에 오면서 본 비닐하우스와 공장 창고 같은 건물들이 생각났다. 비닐하우스는 있을 법했지만 창고 건물은 주변과 어울리지 않게 여기저기 있어서 좀 엉뚱하다고 생각하던 차였다.

"저건 뭔가요?"

나는 외벽이 패널로 이루어진 건물을 가리켰다. 저기? 그는 눈을 가늘게 뜨더니 축사라고 대답했다.

"축사요?"

전혀 예상하지 못한 대답이었다. 겉으로 보기에 그곳은 그동안 익히 알고 있던 축사와는 달리 평범한 물류 창고로 보일 뿐이었다. 그럼 무얼 키우냐는 말에 그는 돼지라고 답했다. 순간 나는 굳은 표정으로 멀리 있는 그곳을 바라보았다. 그 무렵 나는 농가를 중심으로 번져가고 있는 전염병 때문에 직장에서 바쁜 나날을 보내고 있었다. 현장에 파견돼 죽은 가축들의 머릿수를 세면서 보내는 날이 점점 더 많아졌다. 대부분의 현장에서 여자는 나 혼자뿐이었으므로 함께 일하는 관할 지역 공무원이나 인부 들이 힐끔힐끔 나를 훔쳐보거나 자기들끼리 시선을 주고받는다는 것을 알았지만 그런 것보다는 비참하고 끔찍한 모습을 보는 일이 더 힘들었다. 어디가 둔부이고 어디가 머리인지 알 수 없는 형체들. 가끔은 눈앞에 있는 광경을 두고도 천천히 눈을 감았다 떠보기도 했다. 내가 지금 무엇을 보고 있는 거지. 무엇을.

"괜찮다."

어느새 그가 다가와 내 등을 두드리며 말했다.

"그래도 여기는 아직까지 괜찮다더라."

걱정 마라. 그는 주름진 얼굴로 웃었다.

추운 날씨 탓에 밖에 오래 있지 못하고 우리는 집 안으로 들어갔다. 그는 이따 여기저기 보여줄 곳이 많다고, 근처 계곡에 발도 담가보고 가까이 있는 언덕에도 가보자고 했다. 나지막한 언덕 위 동굴에 나라에서 보물로 지정한 작은 돌탑이 이 근방에서 볼만한 것 중 하나라고 했다. 나는 그런 것들은 보통 절에 있지 않나 싶었지만 좋다고 대답했다. 집 안에 들어서자마자 오래된 집 특유의 퀴퀴한 냄새가 났지만 시간이 지나면서 익숙해졌다. 무엇보다 집 안의 훈기에 얼었던 몸이 조금씩 풀렸다. 거실 한가운데 깔아둔 차렵이불 아래로 발을 넣고 있으라고 해서 재희와 나는 그가 시키는 대로 발을 집어넣었다. 미리 보일러를 틀어둔 덕에 바닥이 따뜻하다 못해 뜨거웠다. 재희는 양말을 신은 발을 꼼지락거리며 아, 좋다, 이제야 살 것 같아, 하고 속삭였다.

낡은 집이었지만 깔끔하게 여기저기 청소한 흔적이 묻어 있어 그가 집안일에 능숙하다는 것을 알 수 있었다. 작은 콘솔에는 먼지 하나 없이 읽다 만 책들이 놓여 있었고 지금은 좀처럼 찾아보기 힘든 두꺼운 텔레비전 위에는 누군가 직접 짠 것이 분명한 하얀 뜨개보가 놓여 있었다. 예전에도 여러 번 보았던 터라 나는 그것이 돌아가신 여정의 어머니나 할머니가 직접 짠 것이라 짐작했다. 그 옆으로 햇볕이 잘 드는 큰 창 아래에는 신문지를 펼쳐놓고 옥수수수염을 잔뜩 말리고 있었다. 재희가 이게 뭐지 하며 옥수수수염을 조금 떼어 손바닥 위에 올려놓고 코를 킁킁거리며 냄새를 맡자, 그 소리를 들었는지 부엌에 있던 그가 이따 차를 우릴 때 넣을 거라고 설명해주었다.

"그래, 자두는 잘 받았냐?"

그는 차를 건네면서 넌지시 물었다. 자두? 나는 양손으로 찻잔을 쥔 채 어리둥절한 얼굴로 재희를 바라보았다. 재희는 모르겠냐는 듯 나를 보다가 이번 여름에 자두를 받지 않았느냐고 물었다. 그제야 올여름 집 앞에 놓인 택배 상자가 생각났다.

그가 본격적으로 농사를 짓기 시작한 지는 2년이 채 되지 않았다. 여정의 장례식이 있고 나서 3년이 지났을 무렵이었다. 아마 그즈음부터 재희와 나에게 다시 연락을 해오기 시작했을 것이다. 재희가 처음 그의 전화를 받았다고 했을 때는 놀라지 않았지만, 그가 직접 농사지은 무언가를 보내주고 싶다는 말을 전했을 때는 의외라고 생각했다. 내가 기억하기로 그는 교감이나 교장까지 되진 않았지만 교직 생활을 오래 했고, 앞으로도 계속해서 무언가를 가르치며 살 것 같다고 여겼기 때문이었다. 물론 이런 생각은 스치듯 잠깐이었고 나는 대부분의 시간을 여정과 여정의 아버지를 잊고 지냈다. 그래서 재희에게 내 주소를 불러주는 것을 까먹었고, 재희가 올여름 내 몫까지 받아다 우리 집으로 다시 부친 것이었다. 안타깝게도 한 곳을 더 거쳐서 왔기 때문인지 상자 안에 가득가득 쌓여 있는 자두는 죄 곪아 터진 것들뿐이었다.

"대체 누가 이렇게 보냈다니?"

함께 사는 엄마가 상자를 열고는 질겁을 하며 물었다. 나는 대충 같은 팀 상사의 아버지가 자두 농사를 하는데 나눠 줄 사람이 없냐고 해서 받아둔 것이라고 했다.

"그 노인네 옹심 한번 대단하구나."

어떻게 남한테 줄 물건을 이런 것들로 보내냐. 엄마는 한탄을 하며 죄다 버리라고 했지만 나는 그것들을 냉장고 깊은 곳에 숨겨두고 입이 궁금할 때마다 조금씩 멀쩡한 부분을 살살 베어 먹었다. 물러터진 자두의 맛은 달았고 먹고 나면 손이 끈적했다. 자두에서 흘러나온 물이 입고 있는 티셔츠에 묻을 때마다 신경이 쓰이긴 했지만 나는 그대로 내버려두었다. 세 개까지는 먹을 만했지만 남은 것들은 도저히 먹을 수 없어 음식물 쓰레기봉투에 담아 버려 버렸다.

"올여름에 왔으면 좋았을 텐데."

자두를 맛있게 잘 먹었다는 말에 그는 안타깝다는 듯 말했다. 여기는 자두고 참외고 풍년이라 손이 모자라 죽는 줄 알았다. 오죽하면 굴착기를 불러다 멀쩡한 참외들을 다 뭉갰겠냐. 온 사방이 으깬 참외밭이었어. 울면서 자기가 키운 것들 위를 밟고 가더라.

"다음에는 여름에도 와라."

갑작스러운 그의 말에 놀라 차를 마시다 입천장을 데고 말았다. 너무 뜨거워 처음엔 어리둥절했지만 곧 그것이 얼마나 무섭도록 뜨거운지 느낄 수 있었다. 천천히, 서서히 가슴팍에서 뜨거운 쇳물이 번져가고 있었다. 식도에서부터는 온도를 느낄 수 없다는 것을 알고 있었지만 여전히 뜨거운 찻물이 가슴 언저리에 고여 있는 것 같았다. 어쩌면 순식간에 식도가 부어버렸는지도 몰랐다. 정신을 차리니 그가 아직까지 대답을 기다리는 듯 빤히 이쪽을 내려다보고 있었다. 아주 잠깐의 이상한 침묵이 흘렀다.

큼. 잠시 후 옆에 있던 재희가 조심스럽게 목을 가다듬더니 찻물을 후룩, 하고 마셨다. 그러고는 무덤덤한 목소리로 그러겠다고 대답한 후 거기에 뭐가 떠다니기라도 하는 것처럼 아무렇지 않게 찻잔을 내려다보았다.

*

차를 마시며 이런저런 이야기를 하고 있는데 지붕 어딘가에 있는 빗물받이에 투둑 하고 떨어지는 물소리가 들렸다. 결국 오후가 되자 조금씩 비가 내리기 시작했다. 솨아아 하고 점점 더 물줄기가 세졌고 젖은 땅 위로 뿌옇게 안개가 끼기 시작했다. 여기저기 구경시켜주겠다는 그의 계획은 물거품이 되었다.

"어쩐다냐."

그는 한숨을 쉬며 창밖을 하염없이 바라봤다. 이것도 나름 운치 있고 좋은데요. 그는 이대로도 좋다는 재희의 말이 귀에 들어오지 않는 것 같았다. 어쩐지 좀 풀이 죽은 눈치였다. 재희와 내가 잠시 망설이다 근처라도 좋으니 산책이라도 가보고 싶다고 말하자 그제야 그는 다시 기운을 차렸다. 안 그래도 근처 창고에 만나면 주려고 모아놓은 것들이 있는데 산책 삼아 그곳에 가면 좋겠다며 분주히 움직이기 시작했다.

우리는 그가 빌려준 장화를 신고 나란히 똑같은 우비를 입은 채 밖으로 나섰다. 산책이라고 했으면서 그는 자루와 낫을 들고 휘적휘적 우리보다 먼저 앞으로 걸어갔다. 재희와 나는 조심스럽게 손을 맞잡고 농로를 따라 걸었다. 자칫하면 수로로 헛디딜까 봐 겁이 나서 서로의 손을 꼭 붙잡고 그가 디뎠던 자리들을 따라 뒤를 쫓았다. 작거나 넓은 밭이 서로 맞대어 있었고 사이사이로 농로가 이어져 있었다. 우거진 풀 사이로 길이 보이지 않아 한 발짝씩 내디딜 때마다 길이 아닌 다른 것 위로 발을 디딜까 봐 무서웠다. 하지만 그 위를 걸어가는 게 익숙해지자 누가 먼저랄 것 없이 서로를 밀치면서 장난을 쳤다. 떨어질까 봐 겁이 나서 지르던 비명은 어느새 즐거운 소리로 변해 있었다. 주변에 아무도 없어 웃음소리가 너무 크게 울리는 건 아닌가 하고 걱정스러웠지만 비가 내리는 소리만 들릴 뿐 주변은 조용했다. 그는 간간이 뒤를 돌아보며 괜찮은지 확인하더니 우리를 따라 웃었다. 멀리 있어서 얼굴이 보이지 않는데도 신기하게 그가 웃고 있다는 것을 알 수 있었다.

겨울 소나기 때문에 날씨가 추웠지만 입고 있는 비옷 안으로 습기가 차면서 점점 더 땀이 났다. 더워죽겠다. 재희는 얼굴을 찡그리며 작은 소리로 불평을 했다. 그렇다고 해서 겉옷을 벗으면 다시 한기가 들 것 같았기 때문에 아무도 비옷을 벗지 않았다. 안개가 조금씩 그치면서 저 멀리 산꼭대기가 선명하게 보였다. 잠시 후 전선줄 위에 앉아 있는 겨울새가 날아갔다. 가늘어지는 빗속에서 저만치 앞서 걸어가고 있는 그의 뒷모습이 또렷하게 보였다.

"이젠 없더라."

재희는 좁은 농로 위에서 균형을 잡느라 양팔을 벌린 채 조심조심 걸으며 말했다.

"뭐가."

"사진 말이야."

"무슨 사진."

"알잖아."

나는 아무 말 없이 재희를 따라 건넜다.

"상장도 없어졌어. 예전 집에는 덕지덕지 붙어 있었잖아."

우리는 여정의 유치원 시절 사진이나 운동회에서 딴 메달,

여정의 부모님의 결혼식 사진, 돌아가신 여정의 할머니가 한복을 입은 채 무표정한 얼굴로 찍은 사진 아래에서 놀곤 했었다.

"어딘가에 있겠지."

나는 어디까지 왔는지 가늠하기 위해 지나온 길을 확인했다. 안개 속에서 저 멀리 작은 집이 보였다. 아마 저기 어딘가에 있겠지.

"그렇겠지?"

재희는 괜한 말을 꺼냈다는 듯 발 앞에 돌을 하나 줍더니 저 멀리 던져버렸다. 산 아래로 둔탁하게 돌이 굴러가는 소리가 들렸다.

재희는 처음 그의 전화를 받고 놀랐지만 이내 덤덤해졌다고 했다. 언젠가 전화가 올 줄 알았다는 말투였다. 그는 안부를 묻더니 별다른 말이 없었다고 했다. 그러고 보니 여정의 장례식이 있고 나서 그를 만난 일이 기억났다. 카페에서 그는 침울한 얼굴로 뜨거운 커피가 담긴 잔을 만지작거리며 몇 번이나 입을 뗐다가 다물었다. 하고 싶은 이야기가 많은 것 같았는데 또 정작 할 얘기가 없는 듯했다. 여정이 죽기 전 마지막까지 서로 연락을 주고받은 것은 우리였고, 아마 그도 메시지 창을 확인했을 테지만 거기에는 평소와 다른 내용이 없었다. 그냥 늘 똑같았어요. 평소와 다를 게 없었어요. 나도 재희도 이미 했던 말을 몇 번이고 반복했다.

여정이 차를 몰고 그곳으로 간 건 지금 생각해봐도 이상한 일이었다. 여정은 그냥 떠나보고 싶다고 했다. 아무 이유 없이, 그냥 오로지 혼자서. 원래 계획은 셋이 함께 떠나는 것이었지만, 그즈음 재희나 나나 바쁜 일이 생겨 함께 떠나지 못했다. 그때 도대체 무슨 바쁜 일이 있었던 걸까, 하고 기억을 더듬어보긴 했지만 도무지 떠오르지 않았다. 아마 시시하고, 별 볼 일 없고, 언제나 있는 그런 일들이었을 것이다. 계획을 무르자는 말에도 여정은 괜찮다며 고개를 저었다.

"이참에 그동안 하고 싶었던 일을 해볼 거야."

여정은 아버지의 차를 빌려 물금이나 무주로, 속초로, 강릉으로, 철원으로 가보고 싶다고 했다.

"너무 많은 것 아니야?"

재희와 나는 그녀의 터무니없는 계획에 웃음을 터뜨렸다. 그냥 차라리 비행기를 타고 날아다녀, 그편이 빠르겠다. 우리의 농담에도 여정은 그렇지? 하고 웃더니 터무니없는 자기 계획표에 빗금을 긋거나 별표를 쳤다. 하지만 여정은 보란 듯이 그 계획을 따라 움직였다. 셋이 있는 메시지 창에 자신이 가는 곳마다 사진을 찍어 보내주기도 했다.

—우린 지금 함께 있는 거야.

나는 일하다 말고 드문드문 떠오르는 새로운 메시지를 보며 웃음을 터뜨렸다. 선착장의 풍경이나 유명하다는 물회를 파는 식당, 해안가에 있는 작은 사찰, 숙소에서 목욕 가운을 입고 족욕을 하는 발 같은, 자신이 있는 곳의 사진을 보내왔기 때문이었다. 정말로 그건 함께하는 여행 같았고 재희나 나나 여정의 옆에 있는 듯한 기분까지 들기도 했다. 그리고 여행에서 돌아오기 이틀 전, 철원의 어느 야산 아래에서 여정이 탄 차는 매립돼 있다가 발견됐다. 폭우가 점점 태풍으로 변했고, 직격타를 맞은 산 아래 여정의 차는 진흙 더미에 파묻혀 있었다. 여정은 앞 좌석을 최대한 뒤로 젖힌 채 잠든 듯이 누워 있었다고 했다.

결과적으로 그것은 사고였다. 그 후로 많은 것이 바뀐 듯했지만 변한 게 없기도 했다. 여정 없이도 삶을 이어갔고 재희와는 오랫동안 만나지도 않고 연락도 하지 않다가 시간이 흐른 후에야 조금씩 소식을 주고받기 시작했다. 정말 많은 시간이 흐른 후에 만난 우리는 함께 저녁을 먹었고, 소화를 시킬 겸 가장 가까운 공원을 검색해 찾아갔다. 하지만 공원을 돌지 않고 벤치에 앉아 주변이 어둑해질 때까지 이야기를 나누었다. 재희도 나도 예전과 같은 모습으로 웃었고, 아무도 울지 않았다. 그리고 각자의 일상으로 돌아갔다.

하지만 이따금 아무 이유 없이 잠든 듯 누워 있는 여정의 옆자리가 떠오를 때가 있었다. 그럴 때마다 정말로 별다른 생각 없이 단지 그 의자만 생각하려고 애를 썼다. 검은 가죽 시트로 만들어진 단단한 그 의자에 대해. 머리를 받쳐주는 보호대, 편안하게 느껴질 만한 등의 기울기, 차 안의 묵은 먼지 냄새, 곳곳에 숨어 있을 동전, 구겨진 영수증, 껌 종이, 이 쑤시개…… 한번 떠오른 생각은 좀처럼 멈출 수 없었다. 그리고 언제나 마지막은 편안하게 그곳에 눕는 것으로 끝이 났다. 내 등과 엉덩이를 감싸는 좌석에 앉아 편안하게 뒤쪽으로 조금씩 기울기를 젖혀가면서……

"너무 많이 걸어서 피곤하지 않아?"

갑작스러운 말에 깜짝 놀라 내 옆에 있는 여정의 얼굴을 똑바로 마주 본다. 물론 이것은 단순한 생각일 뿐이었다. 아무에게도 말하지 못할 아주 작은 생각. 언제부턴가 여정의 얼굴을 조금씩 잊어버릴 때가 있는데 이상하게도 여정이 내 쪽을 똑바로 보고 있다는 것은 알 수 있었다. 하지만 그 이후로 도저히 다른 생각들은 떠오르지 않았다. 어떤 이야기를 나눌지, 혹은 그다음에는 어디로 가려 하는지, 필사적으로 무엇을 할지 그려보려고 했지만, 번번이 실패하고 말았다. 하지만 여정이 바로 내 옆에 살아 숨 쉬면서 똑바로 나를 보고 있다는 것만은 알 수 있었다. 그래, 생각이란 건 이렇게 아무렇게나 뒤죽박죽으로 섞일 수도 있는 거니까.

그런 거니까.

그래서 언제나 여정은 그렇게 나를 바라보고 있다.

"여기다."

여정의 아버지가 쭈그려 앉아 있다 내 쪽을 향해 손을 흔들었다. 우리는 천천히 농로를 따라 밭의 입구로 들어섰다. 그는 걸음이 느린 재희와 나를 기다리면서 일을 하고 있었던 것 같았다. 자루에는 푸른 풀 무더기가 가득 들어 있었다. 자세히 보니 양배추였다.

"가을에 했어야 했는데, 내가 먹을 것만 뽑고 아직도 됐지 뭐냐. 이따 다른 것들이랑 좀 가져가라."

그는 갖고 온 칼로 양배추의 밑동을 자르기 시작했다. 대부분 잎의 크기만 커다랬지 농사를 잘 모르는 내 눈에도 시들해 보이는 게 많았다. 재희와 나는 그를 도와 땅을 더듬거리며 그가 자르기 좋게 양배추를 잡아주었다. 하지만 얼마 지나지 않아 추위에 손이 발갛게 얼어버렸다. 그는 장갑조차 끼지 않았냐며 타박하더니 그냥 가만히 있으라고 했다. 할 수 없이 두 손을 호주머니에 넣은 채 멀찍이 떨어져서 그가 일하는 모습을 지켜보았다. 땅에 박은 검은 비닐봉지를 따라 양배추가 촘촘히 자라고 있었다. 그는 엎드리다시피

하며 자루에 양배추들을 넣었다. 이만하면 됐다고 하는데도 그는 얼마 되지 않는다며 멈출 생각을 하지 않았다. 자루는 자꾸만 가득가득 채워졌고 어느새 비는 말끔하게 그쳐 공기가 더 깨끗해진 느낌이었다.

정말 괜찮은데…… 그래도 주신다잖아. 그건 그렇지만 가만히 있으니까 좀 민망하고, 답답하다. 그래, 정말 답답하다,라고 작게 소곤거리고 있는데 어렴풋이 인기척이 느껴졌다. 누군가 이쪽으로 올라오고 있었다. 재희와 나는 조금 경계하며 이곳으로 올라오는 사람이 누군지 보기 위해 고개를 내밀었다. 잠시 후 등이 굽은 사나운 인상의 할머니가 얼굴을 내밀었다. 노인은 시선이 마주치자마자 얼굴을 찌푸리더니 재희를 가리키며 거친 억양으로 화를 내기 시작했다. 생소한 억양 탓에 노인이 무슨 말을 하는지 알아들을 수 없었다. 영문도 모른 채 우리는 노인의 노기에 놀라 주춤 걸음을 옮겼는데, 그게 더 노인을 화나게 만든 것 같았다.

"밟지 말라고 하신다."

어느새 다가온 그가 다른 곳으로 비켜서라고 했다. 그제야 우리가 무언가를 심은 곳을, 노인의 땅을 밟고 있다는 것을 깨달았다. 여기 있는 밭 전부가 그의 밭인 줄 알았던 우리는 당혹스러울 수밖에 없었다. 조금 전까지 재희가 있던 자리에는 아무것도 없었다. 검고 축축한 진흙이 잔뜩 뭉개져 있을 뿐이었다. 그런데 그는 그곳이 마늘이 자라는 곳이라고 설명해주었다. 노인은 허리를 굽혀 이곳저곳을 살펴보며 분에 차 중얼거렸다.

"누구야?"

노인이 우리를 보더니 그를 향해 물었다.

"조카요."

그는 웃으며 계속해서 허리를 굽혀 같은 작업을 반복했다.

"조카?"

노인은 의아하다는 듯 나와 재희를 번갈아 보더니 계속해서 밭을 살폈다. 잠시 후 노인은 굽힌 허리를 펴더니 재희와 나에게 따라와, 하고 말을 걸었다. 네? 재희와 나는 어리둥절한 얼굴로 무슨 말을 하는지 모르겠다는 듯 엉거주춤 서 있었다.

"따라오라니까."

노인은 답답하다는 듯 구시렁거리며 앞장서서 걷기 시작했다. 재희와 나는 억울한 얼굴로 뒤돌아보았다. 여정의 아버지는 웃으며 손짓을 했다.

"따라가."

그는 아무렇지도 않은 듯 보였다.

"바로 아래에 가면 할머니 집이 있어, 따라가."

나도 곧 뒤따라갈 테니. 여정의 아버지는 걱정하지 말라는 듯 어서 가라고 손짓을 했다.

노인의 집은 바로 근처 언덕 아래였다. 조금 전의 밭과도, 그의 집과도 멀지 않은 거리라는 게 안심이 됐다. 살림살이가 잔뜩 쌓여 있는 나무 마룻바닥이 마치 폐가처럼 보이기도 했지만 수도에 여러 겹으로 쌓인 플라스틱 바가지가 사람 사는 곳이라는 걸 보여주는 것도 같았다. 노인은 마당에 우리를 잠시 서 있게 하더니 집에 들어가서는 플라스틱 컵에 밤을 가득 담아 왔다.

"멀리서 온 것 같은데 가져가."

재희는 엉겁결에 받은 잔을 들고 감사합니다, 하고 인사했다.

"자주 좀 오지 그랬어."

노인은 왜 이제 왔냐며 질책하듯 혀를 찼다. 자주 좀 오고. 얼굴도 보고. 그랬어야지. 노인의 중얼거리는 소리에 무어라 대꾸해야 할지 몰라 망설이는 사이 그녀는 내 얼굴을, 그리고 재희의 얼굴을 차례로 살펴보았다. 그리고 속삭이듯 삼촌하고 닮았네, 하고 중얼거렸다.

*

그는 밤을 보더니 이것밖에 되지 않냐며 웃음을 터뜨렸

다. 돌아오는 길에 자루가 많이 무거워 보였는데도 그는 혼자서 그것을 양어깨에 받치고 왔다. 나중에 열어보니 양배추만 있는 게 아니라 어디에서 갖고 왔는지 부사나 호박도 들어 있었다. 그는 기어코 그것을 우리가 타고 온 자동차 트렁크와 뒷좌석에 실어주었다. 재희가 혼자 사는 살림이라 한사코 양이 많다는데도 그는 완강했다.

우리는 그가 차려준 저녁을 먹고 나란히 마당에 앉았다. 밥을 먹은 지 얼마 되지 않아 속에서 받지 않는다며 거절했지만, 그는 자꾸만 마른 은행이나 삶은 땅콩, 귤을 바구니에 담아 권했다. 결국 재희는 자포자기한 얼굴로 그가 주는 것들을 천천히, 하나씩 집어먹기 시작했다. 잠시 후 그는 마당 한구석에 있는 나뭇가지들을 긁어모은 후 라이터로 신문지에 불을 붙여 불을 피웠다. 불은 조금씩 마른 가지를 타고 번져가기 시작했다. 노란 불꽃이 타닥타닥 튀면서 점점 더 붉은색으로 변해갔다. 그는 밤을 포일에 감싸 불길 속으로 밀어 넣었다. 예상보다 커지는 불길 때문에 무서웠지만 재희나 나나 처음 보는 광경에 감탄이 터져 나왔다. 불길이 점점 거세지자 주위에 있는 모든 것들이 일렁거리며 형체가 똑바로 보이지 않았다. 오히려 불길 속으로 들어가 함께 타 들어가는 것 같았다.

어두운 밤에 무언가 타닥타닥 타 들어가는 모습을 오랫동안 바라보고 있으니 마음이 차분해지면서, 기분이 좋아지기도 했다. 시간이 흐를수록 점점 더 얼굴이 뜨거워졌고, 어떤 각도에서는 살갗이 벗겨질 것 같았지만 불길을 쳐다보는 일을 멈출 수 없었다. 아주 이상한 기분이었다.

"가끔은 이렇게 아무거나 태운단다."

그는 반듯한 얼굴로 말했다.

"아무거나요?"

갑작스러운 말에 놀란 내가 묻자, 그는 다시 묵묵부답으로 모닥불을 바라보았다. 불길은 점점 더 거세져갔다.

"그래, 아무거나 태운다."

그는 불쏘시개를 갖고 와 밤을 더 깊숙이 밀어 넣었다.

"밤도 태우고, 은행도 태우고, 모아놓은 폐지도 태우고……"

어두운 밤하늘 위로 어지럽게 작은 불씨가 돌아다녔다. 하얀 점들이 반짝이며 수십 갈래로 흩어졌다.

"아무것도 없는데 태울 때도 있다."

그 말에 재희가 그게 뭐예요, 하고 작게 웃었다. 그는 재희를 따라 싱긋 웃고는 다시 무덤덤한 얼굴로 계속해서 불길을 바라보았다. 나는 점점 더 세차게 밤하늘 위로 올라가는 불길을 걱정스럽게 쳐다보았다. 누군가 방화로 신고를 하면 어떡하나 싶은 마음이 들 정도로 불은 점점 더 거세게 그리고 뜨겁게 타올랐다. 그는 걱정하는 내 얼굴을 빤히 보더니 무슨 생각을 하는지 알고 있다는 듯 말했다.

"뭐 어떠냐. 어차피 아무도 없는데."

그는 자신의 말을 증명하는 것처럼 주위를 둘러보았다. 그의 말처럼 이곳은 한적했다. 황량하고 쓸쓸한 곳이었다.

"여긴 아무도 없는데."

우리는 오랫동안 말없이 타 들어가는 불길을 바라보았다.

*

집으로 돌아가는 길에 그는 끝까지 걱정스러운 얼굴로 배웅했다. 밤이 늦었는데 운전을 조심하라며 몇 번이나 같은 말도 되풀이했다. 뒷좌석까지 가득 실은 짐 때문에 올 때와 달리 차체가 무겁게 느껴졌다. 다음에도 와라. 오늘처럼 너무 추울 때 말고 날 따뜻할 때. 재희와 나는 어둠 속에서 윤곽만 보이는 그를 향해 그러겠다고 대답했다. 나는 처음에 왔던 길을 되짚어 차를 뺐다. 룸미러를 통해 그가 서 있는 모습이 보였다. 그는 제자리에서 조금도 움직이지 않은 채 우리가 빠져나가는 모습을 지켜보고 있었다. 나는 천천히 속도를 높여 그곳을 벗어났다. 어느 순간부터는 점점 더 앞으로 뻗어나가는 도로로 눈길을 돌렸지만, 아직도 그가 다른 곳도 아닌, 바로 그 자리에 서 있다는 것을 알 수 있었다.

그곳을 떠난 지 한참이 지나서도 마찬가지였다.

　너무 늦은 밤이라 도로는 한산했다. 차는 부드럽게 앞으로, 앞으로만 나아갔다. 어두운 도로 위에는 이따금 옆을 지나가는 차들이 있었지만 어쩐지 이곳엔 재희와 나, 오로지 둘뿐이라는 생각이 떠나지 않았다. 재희는 눈도 깜박이지 않은 채 앞만 바라보고 있다가 체기가 있는 것 같다며 잠시 차를 멈춰 세워달라고 했다. 나는 조심스럽게 갓길로 틀어 차를 세웠다. 재희는 내리자마자 비틀거리며 한적한 곳으로 가더니 웩웩 소리를 지를 뿐 아무것도 토하지 않았다. 이것저것 먹은 게 탈이 났나 봐. 글러브 박스에서 꺼내준 생수를 마시며 재희는 속이 좀 가라앉는 것 같다고 했다. 하지만 그대로 차를 타기가 꺼려져서 이 근처에서 잠시 쉬었다가 가기로 했다. 하지만 주변에는 쉴 만한 곳이 없었고, 근처에 아주 낮은 언덕이 보일 뿐이었다. 재희는 저기에 가보자, 하고 말했다. 올라가서 신선한 공기 좀 마시고 싶어. 나는 말없이 고개를 끄덕였다. 그가 말한 언덕이 이곳인가 싶었지만 안내판도 없었고, 그곳은 가드레일을 넘어야 오를 수 있는 아무것도 아닌 언덕일 뿐이었다.

　평소라면 이런 무모한 짓은 하지 않았을 테지만 너무 늦은 밤이라 아무려면 어떨까 싶었다. 우리는 점점 어둠 속으로 빨려 들어가듯 언덕을 올라갔다. 가로등도 하나 없는 어둠 속에서 재희가 들고 있는 휴대폰의 플래시 불빛에만 의지하면서 조심스레 천천히 걸음을 내디뎠다. 낡은 나뭇잎들을 밟을 때마다 발밑에서 바스락거리는 소리에 조금 소름이 돋았지만, 재희나 나나 걸음을 멈추지 않았다.

얼마쯤 가다 보니 커다란 바위가 있었다. 마땅히 앉을 만한 곳이 없어 우리는 그곳에 앉았다. 바위에 앉자마자 엉덩이가 얼어버릴 것처럼 차가워서 다시 일어날까 싶었지만, 서서히 그 차가움도 익숙해졌다. 우리는 말없이 저 아래 경치를 내려다보았다. 아까 지나쳐왔을 것이 분명한 드넓은 들판과 드문드문 켜진 시골집들의 불빛이 보였다. 이곳이 어두운 만큼 저 멀리 있는 곳의 불빛들은 이상하리만치 또렷하게 보였다. 바라볼수록 점점 더 또렷하게, 가까이 다가오는 것 같아 이상하다, 기분 탓인가, 하고 생각하면서 저곳과 여기 사이의 거리를 가늠해보고 있는데, 귓가에서 희미하지만 소름 끼치는 바람 소리가 들렸다.

"추위?"

잠시 후 재희가 속삭이듯 물었다.

"아니."

나는 또렷한 목소리로 대답했다. 하지만 떨리는 목소리에서 추위를 감출 수 없었다.

"눈을 한 번 감았다가 떠봐."

재희는 그러면 뭔가가 달라질 거라는 것처럼 말했다. 나는 눈을 감았다가 떴다. 그리고 아까와 조금도 달라지지 않은 풍경을 바라보았다. 나는 재희가 무슨 말인가 더 해주기를 기다렸지만 더는 아무 말도 하지 않았다. 그냥 입을 꾹 다문 채 계속해서 저 아래 풍경을 내려다보고 있을 뿐이었다. 어쩌면 재희도 저 불빛들을 보며 자기 나름의 어떤 생각을 하고 있는 건지도 몰랐다. 한참 후 재희가 잠긴 목소리로 말했다.

"눈 온다."

"어디에?"

나는 주위를 두리번거렸지만 아무것도 보이지 않았다. 하얀 점 하나가 나풀거리며 어두운 밤하늘의 공중에서 바람을 타고 떠돌고 있었다. 그리고 또렷하게 반짝거렸다가 순식간에 사라졌다. 그것은 어쩌면 불씨일 수도 있었다. 저 멀리서 무언가 타고 있다는 작은 흔적. 어쩌면 반짝이는 그 찰나의 빛으로 주변을 다 태울 수도 있지 않을까. 저 드넓은 곳을 전부 다 태워버릴 수 있지 않을까. 나는 터무니없는 상상에 빠져 아무 말도 하지 않았다. 나는 어둠 속에서 타 들어가는 낡은 집에 대해 생각했다. 그리고 어두운 하늘을 올려다봤다. 나는 조금 두려운 마음으로, 한편으로는 간절한 마음으로 다시 한번 더 그 작은 빛이 우리 앞에 놓이기를 기다렸다.

　나는 심호흡을 하며 천천히 눈을 감았다. 어둠 속에서 일렁이는 작은 모닥불이 보였다. 그 작은 불은 점점 거세지다 마침내 사람의 형태처럼 타올랐다. 잠시 후, 나는 그 불길 속에서 무언가가 소리 없이 허물어져버렸다는 것을 깨달았다. 아. 그 순간 재희가 작게 신음을 내뱉으며 내 손을 붙잡았다. 아주 오랫동안, 재희와 나는 눈을 감은 채 꼭 붙든 서로의 손을 놓지 않았다.

우리[畜舍]의 환대

재현은 아내와 함께 아들 영재를 만나러 가고 있었다. 그들은 지난 3년 동안 서로를 보지 못했다. 영재는 호주 남서부 끝에 있는 퍼스라는 곳에서 지내고 있었다. 인천에서 그곳까지 가는 직항이 없었으므로 그들은 싱가포르를 거쳐 가기로 했다. 그는 조금 더 편안한 자세를 찾기 위해 몸을 뒤척였다. 기내는 아직 어두웠고 싱가포르에 도착하려면 앞으로 몇 시간을 더 가야 했다. 영재는 그곳에 있는 지역 사회 대학 도시계획학과에 편입 신청을 하고 결과를 기다리는 중이었다. 재현은 그 학교가 웬만한 사람은 다 받아주는 곳이라는 것을 알고 있었고, 스물일곱에 다시 새로운 학교에 다니려고 하는 아들을 이해할 수 없었다. 학업을 계속할 생각이라면, 당연히 다시 한국으로 돌아와서 다녔던 학교부터 졸업할 거라고 여겼다. 그러나 아이를 말릴 순 없었다. 그들 부부는 스카이프로 아들과 영상통화를 하곤 했다. 그들은 보름에 한 번꼴로 전화를 걸었고, 영재 쪽에서 전화를 거는 일은 드물었다. 재현은 올겨울의 통화를 기억했다.

"언제 한번 오세요."

티셔츠 차림의 영재가 헝클어진 머리를 넘기며 말했다.

"됐다. 지금이 제일 바쁠 때야."

그는 완강한 어투로 답했다. 재현은 보험회사에서 차량손 해사정사로 일하고 있었다. 겨울은 가장 사고가 많은 계절 이었다. 외곽도로에 있는 으스러진 차를 살피거나 고속도로 위에 뒤엉킨 연쇄 추돌 차량들을 담담한 얼굴로 바라보는 게 그의 일이었다. 어느 순간 영재의 뒤편에서 낮고도 묵직 한 목소리가 들렸다. 영재는 고개를 돌려 룸메이트에게 대 답하느라 재현의 말을 듣지 못하는 것 같았다. 한동안 낮은 목소리가 이어지다 사라졌고, 영재는 이제 그만 가봐야 한 다며 통화를 마쳤다.

그가 마음을 바꿔 호주에 가자는 말을 꺼내자 아내는 영 재에게 줄 새로 산 옷가지나 라면, 마른반찬 같은 것들을 챙 기기 시작했다.

"너무 많은 거 아니야?"

그가 상자에 미어터지도록 물건을 담는 아내를 보면서 물었다.

"당신은 몰라."

아내는 옷가지 위로 김 봉지를 던졌다.

"뭐라고?"

"당신은 모른다고."

아내는 상자에 테이프를 여러 번 붙이며 말했다.

"이게 다 필요한 것들이야. 영재에게 필요한 것들이라고."

*

기내에 불이 들어오자 아내가 재현의 어깨를 툭 쳤다. 그는 비행기 소음 때문에 아내가 무어라고 말하는지 알아듣지 못했다. 창문을 가리키는 걸로 봐선 밖을 보란 말인 것 같았다. 재현은 무심히 고개를 돌렸다. 잠시 후 그는 작게 탄식했다. 밖은 여전히 새카만 밤하늘이었지만, 저 멀리 아래로 노란 불빛들이 일렁이고 있었다. 새카만 밤바다 위로 수상가옥들이 무수히 떠 있었다. 그는 잠시 배에 달린 조명들이 점점이 빛나는 모습을 넋을 잃고 바라보았다. 배들은 천천히 서로에게서 멀어져 가는 중이었다. 불빛들은 여러 곳으로 흩어진 채 너울거리는 물결 위를 느리게 떠다녔다. 비행기가 아래로 아래로 내려갈수록 환한 빛과 함께 싱가포르 창이공항이 가까워졌고 새카만 밤바다의 모습은 순식간에 사라졌다.

비행기에서 내리자마자 드러난 목 주위로 더운 공기가 끈적하게 달라붙었다. 그때까지 그들은 두꺼운 스웨터 차림이었다. 화장실에 들어가 옷을 갈아입고 나왔지만 끈적한 기운이 가시진 않았다. 재현과 아내는 그곳에서 여섯 시간을 기다린 후, 퍼스로 가는 비행기를 탈 예정이었다. 재현은 그동안 무엇을 하며 시간을 때워야 하나 싶었다.

"좀 돌아다녀 봐."

아내는 면세점과 가게 들이 있는 쪽으로 재현의 팔을 끌었다. 그러나 새벽 2시가 넘은 시간이라 문을 연 곳이 많지 않았다. 기껏해야 편의점과 패스트푸드점, 도넛 가게가 전부였다. 그들은 도넛 가게에 앉아 커피와 주스를 마셨다. 재현과 아내는 기분 나쁠 정도로 습하고 더운 날씨에 대해 이야기를 나누다가 이내 입을 다문 채 주변을 바라보기 시작했다. 카트에 올라탄 청소부가 그들 옆으로 느리게 지나갔다. 의자에 앉아 텔레비전을 보거나, 아예 드러누워 잠을 청하는 사람들도 있었다. 한 건장한 백인 청년은 옆에 있는 배낭에 비스듬히 몸을 기댄 채 눈을 붙이고 있었다. 영재의 또래처럼 보였다.

내가 왜 여기에 있지. 재현은 주변을 둘러보며 그런 생각을 했다. 자신의 인생을 통틀어 가장 낯선 곳으로 떠밀려온 기분이 들었다. 그동안 출장차 산골 마을이나 고속도로, 수십 갈래의 국도들을 찾아다녔지만 이렇게까지 먼 곳에 온 건 정말 오랜만이라는 생각이 들었다. 순전히 영재를 보기 위해서였다. 왜 아니겠는가. 그들에게 하나 있는 자식이었고, 영재는 어디를 가도 눈에 띄는 아이였다. 공부도 곧잘 했고, 축구를 좋아해 어릴 때부터 공 하나만 가지고도 온 동네 아이들과 어울려 놀곤 했었다. 한번은 영국 여행 중에 영재가 조르는 바람에 프리미어리그 경기를 직관하기도 했었다.

"너무 좋아서 가슴이 두근거려, 아빠."

축구장에 들어서기 직전 입구에 멈춰 선 영재가 붉어진 얼굴로 말했다. 거대한 벽 너머로 흥분에 찬 함성이 들리고 있었다. 그는 희미하게 웃었다. 좋은 시절이었다. 그렇다고 해서 그들 사이가 늘 좋았던 건 아니었다. 영재가 고등학생이 되면서 한동안 방황하던 시기도 있었다. 어느 날, 아내는 자기 전에 근심 섞인 목소리로 영재가 포르노를 보는 것 같다고 말했다. 그는 웃음을 터뜨렸다. 너무도 자연스러운 일이었기 때문이었다. 며칠 후, 그는 우연히 혼자 집에 있는 영재를 보았다. 아내는 친구들과 모임이 있었고, 그는 평소보다 일찍 퇴근한 참이었다. 그 시간에 영재는 야간 자율 학습으로 학교에 있어야 했다. 영재는 헤드폰을 낀 채 그가 온 것도 모르고 화면에 집중하고 있었다. 화면에는 어깨가 벌어진 근육질의 두 남자가 뒤엉켜 있었다. 조금 더 체격이 큰 쪽이 상대편의 목을 그러쥐고 조르고 있었다. 잠시 후 그는 그들이 무엇을 하고 있는지 깨달았다. 그는 곧장 아들에게 달려들었다.

"더러운 놈."

재현은 씹어뱉듯 외쳤다. 그때 그는 영재가 없어졌으면 좋겠다고 생각했다. 그리고 그것은 진심이었다. 그 순간만큼은 자신이 무엇을 원하는지 분명해 보였다. 그는 주먹이 책상에 긁혀 찢어진 줄도 모르고 계속해서 아이를 때렸다. 아이는 점점 더 몸을 웅크렸다. 시간이 얼마나 지났을까. 다 큰 아들은 바닥에 납작 엎드려 소리 내어 울고 있었고 그는 씩씩거리며 숨을 고르고 있었다.

재현은 얼굴을 찡그렸다. 이제는 안다. 그 순간 아들을 죽이고 싶었던 게 아니라, 아들이 그러고 있는 것을 보게 된 시간, 불시에 들이닥치듯 자신에게 찾아온 그 우연을 없애버리고 싶었던 것을. 그 후로 그들 가족은 여느 때처럼 지냈다. 일주일도 채 지나지 않아 서로 마주 보고 밥을 먹고 나란히 앉아 텔레비전을 보며 각자 소리 없이 웃었다. 이따금 재현은 그날이 생각나곤 했다. 그는 무심코 자신의 손을 들여다보았다. 내가 이 손으로 무엇을 하고 싶었던 것일까. 그는 마디가 굵고 두꺼운 자신의 손을 찬찬히 훑어보았다. 그러다 자신의 손을 저만치 던져버리고 싶다는 듯 시야에서 치워버렸다. 그러나 그 손은 여전히 자신의 어깨 아래 언제나 있던 자리에 남아 있을 뿐이었다. 영재는 별 탈 없이 자라서 성인이 됐다. 어디를 가도 자신의 몫을 해내는 아이였고, 휴학을 하고 워킹홀리데이를 간 것도 그런 일 중 하나라고, 그는 생각했다.

"아, 상자!"

아내가 벌떡 일어나며 소리쳤다. 그는 놀란 얼굴로 그녀를 올려다봤다.

"두고 왔나 봐."

짐을 챙기면서부터 아내는 굳이 그것을 부치지 않고 자신이 직접 들고 가겠다고 고집을 부렸다. 척 보기에도 무거워 보였지만 괜찮다며 혼자서 객실 선반에 올리기까지 했다. 그들은 황급히 자리에서 일어나 비행기에서 내렸던 아래층으로 달려갔다. 하지만 자동문 앞에 서 있는 공항 직원이 그들을 붙잡았다.

"노우."

까무잡잡한 배불뚝이 남자가 단호한 얼굴로 고개를 저었다. 재현은 자동문 너머를 손으로 가리켰지만 그는 계속해

서 완강하게 고개를 저었다. 실랑이 끝에 직원은 귀찮다는
듯 건너편 안내데스크 쪽을 가리켰다. 하지만 그곳에는 아
무도 보이지 않았다.

한참을 기다린 후에 만난 직원은 아까의 배불뚝이와 달리
친절했고 이내 문제를 파악했다. 그는 재현과 아내를 다른
곳으로 안내했다. 재현은 이미 기진맥진한 상태였지만, 짐을
찾을 수 있다는 말에 안심이 되면서 긴장이 한풀 꺾였다. 하
지만 아내는 여전히 걱정스러운 얼굴이었다. 그들은 잠자코
직원을 따라갈 수밖에 없었다. 직원이 안내하는 길은 복잡
했다. 승강기를 타고 올라간 후 잠시 걷다가, 모퉁이를 돌아
다시 승강기를 타는 식이었다. 그들은 점점 더 공항 안 깊숙
한 곳으로 들어갔다. 지나가는 여행객들도 점차 보이지 않
았다. 사무실에 도착하자 직원은 재현과 아내를 의자에 앉
히더니 그들을 대신해서 사무실 사람과 이야기를 나누었다.
그는 재현에게 걱정하지 말라며 웃음을 지었다. 그러고 나
서 사무실 직원에게 허리를 숙인 채 귓속말을 했다. 그들은
재현과 아내 쪽을 힐끗 보더니 웃음을 터뜨렸다. 대수롭지
않게 넘길 수도 있었지만 여러 번 자신들 쪽을 보며 웃는 그
들 때문에 신경이 거슬렸다. 하지만 짐짓 모른 척 고개를 돌
리며 벽시계를 확인했다. 잠시 후 사무실 직원이 자리에서
일어나 물건을 가져왔다. 재현은 깜짝 놀랐다. 상자는 한눈

에 봐도 더러워져 있었다. 어디서 구르다 왔는지 더러운 먼
지를 뒤집어쓴 채였고 귀퉁이가 눈에 띄게 찢겨 있었다. 하
지만 자세히 보니 자신들의 물건이 맞았다. 그가 어딘가 좀
이상하다고 말을 꺼내려고 하자, 아내는 그를 말리며 괜찮
아, 물건만 멀쩡하면 되는 건데 뭐, 하고 상자를 끌어안았다.

그들은 비행기를 놓치지 않기 위해 서둘렀다. 갈 때도 그
랬지만, 그곳을 벗어나는 길 역시 복잡했다. 심지어 더 멀게
느껴지기도 했다. 탑승구에 도착하자 그는 다리가 후들후들
떨리는 것을 느꼈다. 비행기 좌석에 앉고 나서야 조금 진정
할 수 있었다. 그는 서늘한 기운 속에서 서서히 잠에 빠져들
었다.

*

호주에서 습기 따위는 느낄 수 없었다. 유리창으로 들어
온 빛줄기가 줄을 선 사람들 머리 위로 길게 내리쬐고 있었
다. 입국 심사를 통과하고 나오자 저 멀리서 영재가 손을 흔
들고 있었다. 재현은 자기도 모르게 숨을 참았다. 영재는 환
하게 웃고 있었다. 아내는 달려가 아들과 얼싸안았다.

"아빠."

영재가 반가운 얼굴로 그를 불렀다. 얼굴이 많이 타긴 했

지만, 전보다 훨씬 좋아 보였다.

"그래."

그는 영재의 어깨를 잠깐 잡았다가 놓았다. 그러고는 영재를 따라 웃어 보였다. 굳이 자신이 지금 긴장하고 있다는 것을 들키고 싶지 않았다. 영재는 힘차게 카트를 밀었다. 그들은 일단 영재가 사는 집으로 갈 계획이었다. 영재는 친구들과 집을 빌려 살고 있었다. 아이는 이미 친구들에게 부모님이 온다는 걸 말해두었다고 했다.

"진짜 계셔도 괜찮은데……"

영재는 걸어가면서 중얼거렸다. 그들은 영재의 집에 들렀다가, 시내에 있는 호텔에서 묵을 예정이었다. 영재는 그들이 호주에 있는 동안 자신의 집에서 지내도 괜찮다고 말하고 있었다. 그러나 재현은 어쩐지 영재의 목소리에서 어딘가 망설이는 기색을 느낄 수 있었다. 굳이 아들과 아들의 친구들을 불편하게 하고 싶지 않았다. 그럴 마음은 조금도 없었다.

"신경 쓰지 마라. 우린 괜찮으니까."

그는 진심을 담아, 부드러운 목소리로 말했다.

그들은 공항을 빠져나와 택시를 타러 갔다. 영재는 능숙하게 그들을 이끌었다. 더운 공기가 얼굴 위로 훅 끼쳐왔다. 하지만 적당히 따스한 햇볕을 받자 피부가 기분 좋게 달아올랐다. 마치 휴양지의 볕 같았고, 너무나 평화로운 분위기였다. 더운 바람이 불 때마다 재현의 희끗한 머리카락이 흩날렸다. 재현은 지그시 눈을 감았다가 떴다. 앞서 걷는 영재는 택시 정거장에서 조금 떨어진 곳에 서 있는 밴으로 향하고 있었다. 가까이 가보니 구형 스타렉스와 비슷하게 생긴 차였다. 마지막으로 세차한 지가 언제인지 모를 정도로 차에는 누렇게 먼지가 뒤덮여 있었다. 차체에 달린 택시 표시등엔 불이 꺼져 있었다. 운전석에 있던 흑인이 두꺼운 팔을 창에 올려둔 채 그들을 향해 흰 이를 드러내며 웃었다. 순간 재현은 주춤했다. 그리고 자신도 모르게 영재가 어디에 있는지 주변을 살폈다. 아들은 택시 운전사와 몇 마디 주고받더니 능숙하게 짐을 실었다.

"타세요."

영재가 문을 열어주었고, 그들은 엉거주춤하며 차에 올라탔다. 차 안 깊숙한 곳에서는 오래된 퀴퀴한 냄새가 풍겼고, 시트에는 여기저기 담배 구멍이 뚫려 있었다. 그들 부부는 어색한 모습으로 서로 나란히 붙어 앉았다. 영재는 조수석에 올라탔다. 운전기사가 그들 쪽으로 고개를 돌려 씨익 웃었다.

"웰컴."

노인의 굵고 낮은 목소리가 차 안을 꽉 채웠다.

차가 달리는 동안 영재는 틈틈이 그들에게 말을 걸었다. 어디 불편하진 않은지 물었고, 집까지 가는 길이 멀어서 걱정이라고 했다. 원래 이곳이 이래요, 어딜 가려면 차로 세 시간 네 시간 달려야 하니까요, 하고 덧붙였다.

"휴게소가 보이면 바로 알려드릴게요."

걱정하지 말라는 아들의 목소리가 쾌활했다. 영재는 옆에 앉은 운전기사와 간간이 농담을 주고받았다. 머리를 맞댄 그들은 친밀한 친구 사이처럼 보였다. 영재가 말할 때마다 노인은 못 참겠다는 듯 가래 끓는 웃음소리를 터뜨렸다. 아내는 바짝 재현의 옆으로 몸을 붙였다. 재현은 창밖을 바라보았다. 끝없이 펼쳐지는 초원에 검은 소 무리가 보였다가 사라졌다. 차가 지나갈 때마다 풍경이 조금씩 바뀌었지만 어디를 가나 쨍한 빛이 내리쬐는 한가로운 경치였다. 너무나 환해서 눈이 시릴 정도였다. 차는 크게 휘청이며 좌회전을 했다. 잠시 후 재현은 옆으로 바다를 낀 채 해안도로 위를 달리고 있다는 것을 깨달았다.

"밖을 보세요."

영재는 드라이브를 하기 위해 일부러 이 길을 선택했다고 했다. 잠시 후 창밖으로 바다가 드넓게 펼쳐졌다. 순간, 푸른 바다 위로 부서진 해 조각이 번쩍였다. 그는 눈을 질끈 감았다. 도저히 눈이 부셔서 똑바로 뜰 수가 없었다. 감은 눈두 덩 위로 따뜻한 기운이 언뜻 닿았다 사라지고 또다시 닿는 게 느껴졌다.

"좋죠?"

영재는 음악을 틀며 말했다.

"그래, 진짜 좋구나."

재현은 창문을 열고 고개를 내밀었다. 눈을 감고 있었지 만 바로 눈앞에 찬란한 바다가 드넓게 펼쳐져 있다는 것을 느낄 수 있었다. 그는 코를 킁킁거리며 옅은 바다 냄새를 맡 았다. 그리고 눈을 뜨기 위해 안간힘을 썼다. 가늘게 뜬 눈 사이로 새파란 풍경이 보였다가 사라졌다. 다시 보기 위해 안간힘을 썼지만, 햇빛이 끈질기게 그의 얼굴 위로 따라붙 었다. 영재는, 유명한 곳은 아니지만 서퍼들이 자주 찾는 장 소로 꼽히기도 했다고, 지금도 저기 보이는 것처럼 지평선 가까이 보드에 누운 사람들이 있지 않냐고 말을 건넸다.

"그래, 그렇구나."

그는 저멀리 지평선을 선명히 보고 있다는 것처럼 대답했 다. 그렇게 그는 차가 달리는 동안 몇 번이고 계속해서 눈을 움찔움찔 떨었다.

한참을 달려 차는 해안도로를 벗어나 주거 지역으로 방향

우리[畜舍]의 환대　　　　51

으로 틀었다. 허름한 식료품점이 하나 보였고 한눈에 봐도 오래된 집들이 연이어 붙어 있었다. 낮은 담장으로 둘러싸인 집들을 계속해서 지나쳤고 차는 깊숙이, 더 깊숙이 들어갔다.

"다 왔어요."

장시간 비행으로 신경이 바짝 선 탓에 졸다 깨기를 반복한 그들은 비틀거리며 차에서 내렸다. 아들이 살고 있는 집은 자그마한 주택이었다. 주위로 스산한 나무들이 우거져 있었고, 멀리서 끊어질 듯 말 듯 구슬픈 새 울음소리가 들렸다. 주택이긴 했지만, 지붕까지 평평한 단출한 모양이었다. 짙은 색 벽돌로 지어진 집은 건너편 집들과 거리를 둔 채 허허벌판에 홀로 덩그러니 있었다. 대문에 거꾸로 매달려 있는 바싹 마른 꽃다발을 보고서야 사람이 사는 흔적을 느낄 수 있었다. 거친 풀 끝이 그의 발목을 건드렸다. 이내 그는 자신이 밟고 있는 것이 죽은 잔디라는 것을 깨달았다. 관리 따위는 되지 않은 오래된 집을 보여주면서 아들은 뭐가 좋은지 뿌듯한 기색이 역력했다. 운전석에서 노인이 짧은 신음을 내며 내렸다. 재현은 생각보다 그가 거대한 몸집을 갖고 있다는 것을 깨달았다. 노인은 트렁크에서 거뜬히 짐을 내려 문 앞으로 가져갔다. 그리고 곧바로 자신의 주머니에서 열쇠를 꺼내 문을 열었다.

"집주인이에요."

영재는 휘둥그레 눈을 뜨는 재현과 아내를 보면서 말했다.

"제가 말했잖아요."

영재는 오히려 의아하게 그들을 바라보았다. 들은 기억이
없었다. 아내도 이마를 찌푸렸다. 언제 그랬느냐고 묻고 싶
었지만, 영재는 말없이 허리를 숙이고 트렁크를 정리할 뿐
이었다. 어느새 짐을 집 안으로 들인 노인이 문 앞에 서서
그들을 기다리고 있었다. 그는 손을 휘두르며 들어오라고
했다. 두툼한 손바닥이 어두운 피부에 비해 눈에 띄게 하얬
다. 그는 땀이 번들거리는 얼굴로 흰 이를 드러내며 웃었다.
그는 베이지 리넨 셔츠에 남색 슬랙스를 받쳐 입고 있었다.
그 깔끔한 옷차림을 보고 있자니 재현은 갑자기 자신이 입
은, 스웨터 보푸라기가 잔뜩 묻은 폴로 티셔츠가 볼썽사납
다는 생각이 들었다. 영재는 차 위에 달린 표시등을 툭 떼더
니 좌석 위로 던지고 문을 잠갔다.

"들어가요."

할 수 없이 그들은 영재를 따라 집 안으로 들어갔다. 그
가 현관문에 들어서기 직전, 갑자기 거친 손길이 그의 목덜
미를 더듬거렸다. 재현은 몸이 굳은 채 그 자리에 멈춰 섰
다. 고개를 돌리지 않아도, 자신의 바로 뒤에 노인이 서 있다
는 것쯤은 알 수 있었다. 따뜻한 숨결이 희미하게 귓가에 닿

았다가 사라졌다. 재현은 천천히 고개를 돌렸다. 노인은 제자리에 멈춰 선 채 자신이 쥐고 있는 하얀 손수건을 살짝 흔들어 보였다. 목덜미에 밴 그의 땀을 닦아준 듯했다. 재현은 억지로 굳은 얼굴을 풀고 노인을 따라 웃었다. 노인은 다른 한 손으로 어서 들어가라는 듯 손짓을 하면서 빙긋이 웃을 뿐이었다.

집 안은 지저분했다. 환기를 오랫동안 하지 않은 건지 햇빛 사이로 하얀 먼지가 천천히 가라앉고 있었다. 거실 중앙에 깔린 누렇게 빛바랜 러그 위에 탁자가 있었고, 주변에는 벗어 던진 옷가지와 다 마신 맥주병이 널브러져 있었다. 여기저기 옷이 걸쳐져 있는 것으로 보아 한동안 치우지 않은 것 같았다. 재현은 소파에 앉기 전 자리에 있던 수건을 옆으로 치웠다. 수건은 구겨진 상태로 굳어 있었다. 그는 찬찬히 주변을 살펴보았다. 차츰 주변 공간이 눈에 익숙해지면서 이 지저분한 난장판이 그들에겐 제자리라는 것을 깨달았다.

"치운다고 치웠는데."

영재가 재빨리 거실 한구석에서 무언가를 치웠다. 재현은 그게 무엇인지 볼 틈도 없었다. 그들 부부는 소파에 앉아 멍하니 아들과 노인이 수선을 떠는 모습을 지켜보았다. 조그마한 부엌에서 둘은 찬장을 열었다 닫았다 하며 부산스럽게 굴었다. 아내는 걱정스러운 듯 자리에서 일어나 도와줄까? 하고 물었다. 그도 아내를 따라 엉거주춤 일어섰다. 아일랜드 식탁 너머로 더러운 접시가 가득 쌓인 싱크대가 보였다. 노인이 부엌을 등지고 선 채 손을 휘휘 저었다.

"괜찮으니까, 앉아 계세요."

노인 너머로 가려진 영재의 목소리가 들렸다. 잠시 후, 물과 과일이 담긴 쟁반이 그들 앞에 놓였다. 노인은 연신 싱글싱글 웃으며 음식을 권했다. 목이 타진 않았지만, 뭐라도 해야 할 것 같았다. 재현은 주저하면서 물을 마셨다. 물은 미적지근했다. 입안에 머금고 보니 이전에 느껴보지 못한 밍밍한 맛이 났다. 재빨리 물을 삼켰지만 남아 있는 맛이 한결 더 입안을 텁텁하게 만들었다.

그는 아들이 또래 남학생과 함께 살고 있다고 생각했다. 기억을 더듬어봤지만, 아들이 흑인 노인과 함께 산다는 말을 들은 적은 한 번도 없었다. 들었으면 자신이 잊어버릴 리없었다. 그들 부부를 중심으로 양쪽 끝에 아들과 노인이 마주 보며 앉았다. 노인은 소파에 느긋하게 등을 기대며 재현에게 말을 건넸다. 말하는 속도가 빨라 대부분 못 알아들었지만 대충 영재를 칭찬하는 것 같았다. 아내는 컵을 꼭 쥔채 어색하게 고개를 끄덕이거나 아…… 예…… 하고 웅얼거리며 대답할 뿐이었다. 재현은 대화에 참여하려고 그들의 말을 듣는 척하면서 신경을 곤두세운 채 노인의 목소리에 집중했다. 그리고 한편으로는 아들과 통화를 할 때 저 멀리서 들려오던 남자의 목소리를 떠올려보려고 애썼다.

"부모님이 온다고 하니까, 아저씨가 오늘 휴가까지 내고 같이 마중 간 거였어요."

아들은 노인을 보면서 눈을 찡긋했다. 노인도 영재를 따라 장난스러운 표정을 지었다. 영재는 이 집에서 가장 큰 방을 비워두었다고 했다. 노인의 방이었다.

"그러니까 묵고 가셔도 돼요."

그는 재빨리 집 안을 둘러보았다. 맞은편 복도에 닫힌 방문들이 보였다. 굳게 닫힌 문들을 보며 그는 가장 안쪽 방이 노인의 방일 거라고 짐작했다.

"그럴 필요 없어. 이미 숙소 예약까지 다 해두었으니까."

아내는 사양한다는 듯 크게 손을 휘저어 보였다. 노인은 기대하는 얼굴로 그들을 보다가 아내의 손짓에 실망한 표정을 지었다. 재현과 아내가 묵고 가지 않아 섭섭해하는 눈치였다. 그들은 이야기를 계속 이어갔고 이 집에 한 명이 더 살고 있다는 것을 알게 됐다. 재현은 재빨리 어수선한 집 안을 살폈다. 집 어디선가 자신들을 지켜보고 있다는 느낌이 들었다. 어둑한 그늘 속 누군가가 벽에 어깨를 기댄 채 그들을 보고 있는 느낌. 아직 소개받지 못한 나머지 한 사람이 못마땅한 얼굴로 재현과 아내를 기다리고 있을지도 몰랐다.

"걔는 한국 사람이에요."

영재는 그런 재현을 보며 말했다.

"그러니?"

그는 고개를 돌리며 대답했다. 하지만 여전히 복도 저 끝 어두운 그늘 속에 누군가 서 있는 것 같았다.

"이 근처에 잠깐 나갔어요. 금방 올 거예요."

영재가 휴대전화로 문자를 확인하며 말했다.

나머지 한 사람이 오기를 기다리는 동안, 그들은 계속해서 이야기를 나누었다. 하지만 별달리 할 말이 없었고, 노인의 친절 앞에서 불편한 기색을 보이고 싶지 않았기에 눈앞에 있는 물러터진 멜론을 몇 점씩 집어 먹었다. 흐물흐물한 형태로 변해버린 탓에 집기가 어려웠지만 막상 입안에 넣고 나니 단맛이 순식간에 퍼졌다. 하지만 누구도 다시 과일을 집진 않았다. 아내는 뉴스나 보자면서 텔레비전을 틀었다. 하지만 너무 빠른 영어 탓에 좀 주눅이 드는 기색이었다. 잠시 후 눈에 익은 아이돌 가수가 화면에 지나가자 아내는 반색하며 쟤네가 정말 유명하긴 유명하구나, 하고 중얼거렸다. 그러나 재현은 가수 이름이 기억나지 않았다. 노인은 턱을 괸 채, 그들을 따라 텔레비전을 바라보았다. 재현은 텔레비전을 보면서 노인의 옆모습을 훔쳐봤다. 굵고 뭉툭한 코

옆으로 난 주름이 인상적이었다. 노인은 말하는 한 사람 한 사람을 지그시 바라보는 습관이 있었다. 오랜 세월 동안 사람을 상대하는 일을 통해 자연스러운 친절이 몸에 밴 사람이었다. 그는 노인이 젊었을 적엔 어떤 일을 하며 살았을까 생각했다. 순간 재현과 노인의 눈이 마주쳤다. 그는 황급히 발끝으로 시선을 돌렸다. 이미 늦었다는 것을 알았지만 다시 고개를 돌려 마주하기도 어색한 노릇이었다. 노인은 그런 재현을 이해한다는 듯 희미하게 웃었다. 모두가 침묵한 채 뉴스를 지켜봤다. 잠시 후 현관문 쪽에서 인기척이 들리더니 이내 문이 활짝 열렸다. 짧은 트레이닝 반바지를 입은 여자가 두 손 가득 비닐봉지를 들고 들어왔다. 훤히 드러난 허벅지에는 검은 꽃들이 줄기를 타고 흐드러지게 피어 있었다. 한눈에 보기에도 영재보다 어려 보였다. 여자애는 풍선껌을 질겅질겅 씹고 있었다.

"안녕하세요."

여자 아이는 허리를 반듯이 굽혀 그들에게 인사했다. 풍선껌을 터뜨렸는지 입안에서 딱, 하는 소리가 들렸다.

그러니까, 이 집에는 아들과 흑인 노인, 민영이라는 어린 여자애가 함께 사는 셈이었다. 재현과 아내는 입을 꾹 다물었다. 아내는 아들이 여자와 함께 살고 있다는 사실에 오묘한 표정을 지었다. 아내는 민영에게 옆자리를 내주며 앉으라고 권했다. 민영은 다리가 저리는지 가느다란 다리를 쭉 뻗었다. 허벅지에 있는 문신이 또렷하게 보였다. 아내는 조심스럽게 민영에게 말을 걸었다. 주저하는 태도였지만 그 속에서 이 어린 여자애에게 이것저것 묻고 싶어 하는 아내의 마음을 충분히 느낄 수 있었다. 민영은 갓 스무 살로 이들과 같이 산 지 1년이 넘었다고 했다. 민영은 손님들을 위해 장을 봐 온 길이었다.

"오빠가 진짜 저한테 잘해주거든요."

민영이 쾌활하게 말했다. 아내는 그래? 하며 넌지시 웃었지만 재현은 그 말이 아내의 신경을 긁는 것을 눈치챘다. 어쨌든 이 집에 사는 사람들이 손님인 그들을 위해 최선을 다하는 것만큼은 알 수 있었다. 모두 하나같이 눈빛을 반짝이며 자신들을 보고 있었다. 그들 사이에 감도는 묘한 흥분이 전해지는 것을 느끼며 재현은 겸연쩍게 웃었다.

민영이 저녁 식사를 준비하겠다고 하자 아내가 도와주겠다고 나섰다. 그동안 재현은 집을 좀 둘러보기로 마음을 먹었다. 아내와 민영은 싱크대에서 채소를 씻기 시작했다.

"저기…… 어쩌다 이렇게 같이 살게 됐니?"

아내가 주저하면서 물었다.

"잘 모르겠어요."

민영의 대답이 들렸다.

"진짜 잘 모르겠네. 기억이 안 나요. 아주 옛날부터 함께 살았던 것 같아서 오히려 같이 있지 않은 게 더 이상한 거 같은데."

민영은 뭐가 그리 웃긴지 웃음을 터뜨렸다. 갑자기 나타난 영재가 그들 사이에 끼어들어 찬장에서 컵을 꺼냈다.

"이것 좀 씻어줘."

컵을 건네는 영재의 옆모습이 어딘지 모르게 싸늘했다. 민영은 아무렇지 않은 듯 컵을 씻기 시작했다.

"그럼 학교에 다니니?"

아내는 영재의 표정을 눈치채지 못한 것 같았다.

"아니요."

민영은 고개를 저었다.

"변기 닦는 일을 하는데요."

민영은 물끄러미 서 있는 재현에게 고개를 돌리더니, 물은 여깄어요, 하면서 냉장고 아래 칸을 가리켰다. 그리고 그녀는 직접 물병을 꺼내, 새 컵에 따라주었다. 그는 물컵을 받으면서 짜릿한 냉기가 손에서 전해지는 걸 느꼈다. 민영의 손에 묻은 비누 거품이 그의 손등에 묻었다. 커다란 비누 거품이 그의 손등 위에 머물다 이내 터져버렸다. 물기에 닿았던 피부가 순식간에 마르는 느낌이 들었다. 손등을 쓸어봐도 그 느낌이 채 가시진 않았다.

재현은 어두컴컴한 복도를 걸었다. 가장 안쪽에 방 하나가 있었고 나머지 두 방은 서로 마주 보고 있었다. 이중 하나가 아들의 방일 터였다. 복도는 어두컴컴했다. 그는 벽을 더듬거리며 스위치를 찾았다. 스위치를 누르자 천장까지 삐거덕거리는 소리가 울릴 뿐 불은 들어오지 않았다. 그는 노인의 방문 앞에서 잠깐 망설였다. 어두침침하고 더러운 이 집 거실을 봤을 때 방 안도 크게 다를 것 같지 않았다. 어수선하고 너저분하거나 어쩌면 생각했던 것 이상으로 정리정돈조차 안 된 더러운 모습일지도 몰랐다. 그는 문고리를 잡았다. 큼. 그는 기침을 터뜨렸다. 좀처럼 기괴하고 불편한 기분을 떨쳐버릴 수가 없었다. 그는 작게 한숨을 쉬고 조심스레 문을 열었다. 방은 생각보다 단출했다. 그는 살짝 김이 빠졌다. 온통 회색으로 칠해진 정사각형 모양의 방이었고, 옷장이나 다탁 같은 가구도 없었다. 방 안을 가득 채울 정도로 커다란 침대 하나가 있을 뿐이었다. 침대에는 이불이 여러 겹 단정하게 포개져 있었다. 그는 천천히 이불 위를 쓸어보았다. 선선한 촉감이 좋았다. 그는 조심스레 침대 끄트머리에 걸터앉았다. 그리고 이 방에선 테라스를 통해 뒷마당으로 나갈 수 있다는 걸 깨달았다. 스산한 뒷마당에는 물때가 잔뜩 낀 둥그런 수영장이 있었다. 고인 물 위로 썩은 나뭇잎들이 잔잔히 떠다녔다.

"아저씨, 준비 다 됐어요."

민영이 들어오며 말했다. 재현은 나쁜 짓을 하다 들킨 사람처럼 허둥댔다. 민영은 그가 허둥지둥 자리에서 일어나는 모습을 차분히 바라보았다.

"밖에 수영장이 있더구나."

재현은 어쩐지 변명처럼 자신이 수영장을 보고 있었다는 것을 밝혔다. 민영도 그를 따라 힐끗 창밖으로 보더니 아, 하고 입을 뗐다.

"가끔 수영을 하거든요."

민영은 그가 앉은 자리를 보며 제 자리에요, 하고 중얼거렸다.

"응?"

"거기가 제 자리라고요. 저희는 수영을 하고 나서 여기 누워요."

그는 그게 무슨 말인지 이해가 가지 않았다. 그는 그렇구나, 미안하다, 하면서 자리를 정리했다. 이불 위에 남은 자신의 온기가 미적지근하게 감돌았다.

"아저씨가 무서운 분일 거라고 생각했는데, 그렇지 않네요."

이건 또 무슨 소리인가. 재현은 어안이 벙벙한 얼굴로 민영을 봤다.

"오빠한테 그렇게까지 했던 사람으론 안 보여요."

민영은 계속해서 자기 말만 했다.

"오빠는 아직도 툭하면 침울해해요. 그럴 때마다 우리가 달래주느라 얼마나 애를 먹는지 몰라요."

민영은 짧게 한숨을 쉬었다.

"그게…… 그러니까 무슨……"

민영은 대답하지 않고 창문으로 시선을 돌렸다.

"그래도 오빠가 저희랑 함께 살게 돼서 다행이에요."

다행이에요, 정말로…… 민영은 수영장 쪽을 지그시 바라보며 중얼거렸다.

재현은 밖으로 나갔다. 쌀쌀한 밤공기가 신선했다. 그는 숨을 깊게 들이마셨다. 울렁거리는 속이 조금 잦아들었다. 해가 떨어져 주변이 어둑어둑해지기 시작했다. 마당엔 가로등 하나 없었다. 건너편 집들의 노란 불빛들이 일렁이고 있었다. 그는 막연하게 아들이 저런 곳 중 한 곳에 살고 있을 것이라고 생각했다. 그리고 지금 자신이 너무나도 저쪽으로 가고 싶어 하는 것을 깨달았다. 간절히 저쪽을 바라보고 있는 자신의 꼴이 우스웠다. 쌀쌀한 바람이 불었다. 그래, 난 분명히 용기를 냈어. 그리고 들릴 듯 말 듯 작게 중얼

거렸다. 재현은 뒤돌아서서 집 쪽을 바라보았다. 커다란 창
너머로 분주하게 움직이고 있는 사람들이 보였다. 부엌에
는 모두가 함께 앉을 충분한 공간이 없기에 거실에 자리를
마련하고 있었다. 영재와 노인이 탁자를 옮기고 있었다. 그
옆에서 민영이 환하게 웃으며 그릇을 들고 있었다. 민영이
탁자 위에 그릇을 두면서 영재의 팔뚝을 슬쩍 잡았다가 놓
았다. 어딘지 애정이 담긴 행동이었다. 그는 자신도 모르게
작은 한숨을 내쉬었다. 민영이 다시 부엌 쪽으로 사라졌고,
아들과 노인은 소파의 위치를 조금씩 옮겼다. 일이 끝나자
아들과 노인은 서로를 얼싸안았다. 그는 걸음을 멈췄다. 아
주 짧은 순간이었지만, 그 순간은 엄청나게 크게 다가왔다.
노인은 두툼한 손바닥으로 아들의 등 언저리를 짧게 토닥
였다. 티셔츠 위로 솟은 아들의 날개 뼈 언저리를 온 마음으
로, 어루만져주듯 잠시 동안 그곳에 손을 갖다 댔다. 그러고
는 아들의 목 뒤로 짧게 입을 맞췄다. 재현은 그 자리에서 꼼
짝도 할 수 없었다. 영재의 얼굴을 보고 싶었지만, 보이지 않
았다.

아주 늦은 시간에 그들은 식사를 시작했다. 노인은 비대
한 몸을 일으켜 좁은 소파 사이를 지나 부엌에서 술을 가져
왔다. 술을 마시면서 그들은 계속해서 이야기를 나누었다.

어느 정도 취기가 돌자 재현의 얼굴이 붉게 달아올랐다. 막상 대화를 시작하니 할 얘깃거리가 없진 않았다. 그는 긴 비행, 습했던 날씨, 아들의 어린 시절 등을 이야기했다. 특히 아들이 얼마나 좋은 아들이었는지에 대해 쉴 새 없이 말했다.

"애가 어릴 때부터 축구를 좋아해서 프리미어리그 경기장에 간 적도 있어요."

그는 낄낄댔다. 그는 침묵을 견딜 수 없었다. 아내는 걱정스럽게 그를 봤고, 영재는 물끄러미 그를 쳐다봤다. 오직 노인과 민영만이 재현 쪽으로 몸을 기울인 채 흥미롭게 이야기를 들었다. 그는 이야기를 멈추고 싶지 않았다.

"아!"

대화가 무르익어가던 중 갑자기 아내가 짧게 비명을 질렀다.

"왜?"

그는 의아한 얼굴로 아내를 봤다. 아내의 얼굴이 일그러졌다. 그녀는 무언가를 씹고 있었는데, 무척이나 삼키기 어려워 보였다.

"아니…… 아니에요."

아내는 입안에 음식이 든 채로 웅얼거렸다. 혀를…… 혀를 씹었나…… 그녀는 괴롭다는 듯 얼굴을 찡그리더니 힘들게 입안에 든 것을 삼켰다. 탈 날 만한 음식은 없어 보였다.

영재는 방금 전까지 제 엄마가 먹던 감자 샐러드를 떠먹으며 괜찮은데? 하고 고개를 갸웃거렸다. 그리고 재현의 앞으로 접시를 밀었다.

"아빠도 한번 드셔보세요."

영재의 작은 눈이 반짝였다. 노인과 민영이 들뜬 시선을 주고받았다. 그는 살짝 주저했다. 그러나 빤히 자신을 보고 있는 세 사람을 모른 척할 순 없었다. 재현은 망설이다, 으깬 감자를 크게 한술 떴다. 포슬포슬한 감자가 입술에 닿았다. 노인이 일어나 아들과 민영의 어깨에 손을 올렸다. 그들은 그의 반응을 기다리고 있었다. 그 순간 갑자기 무언가가 물컹 씹혔다. 혀로 더듬어보았지만 무엇인지 짐작할 수 없었다. 입안 가득 침이 고였다. 그들은 여전히 싱글벙글 웃으며 그를 바라보고 있었다.

"어때요?"

영재는 기대에 찬 목소리로 그의 반응을 기다렸다. 감자의 단맛이 퍼졌다.

"어때요? 괜찮아요, 아빠?"

그는 아들의 목소리가 이상하다고 생각했다. 어딘지…… 달뜨고 즐거운 것처럼 들렸다. 그는 그래…… 하고 맛을 음미하다, 얼굴을 일그러뜨렸다.

"아빠, 왜 그래요? 어디 아파요?"

아들은 집요하게 재차 물었다.

"대체……?"

영재는 그의 얼굴을 조금 더 자세히 살펴보기 위해 몸을 숙였다.

"……왜?"

노인도 걱정스러운 듯 민영의 어깨에 있던 손을 가져와 양손 모두 영재의 어깨 위에 올렸다. 그러고는 영재의 목을 좀더 자신의 품 안으로 가까이 끌어안았다.

"아."

그는 참지 못하고 입안에 있던 것들을 뱉어버렸다. 모든 게 엉망진창이었다.

재현은 품이 큰 노인의 옷을 빌려 입고 소파에 누웠다. 그는 미간에 팔을 올려둔 채 눈을 감고 있었다. 여기 있는 사람 중 누구와도 눈을 마주치고 싶지 않았다. 모두 자리를 치운 후 걱정스레 그를 보살폈고, 아내는 택시를 타고 호텔로 가서 편히 쉬겠다고 했다. 한바탕 소란이 인 후 시간이 얼마나 지났는지 알 수 없었다. 노인은 여기서 묵고 가라고 재차 권유했지만 아내는 거절했다. 영재도 더는 아내와 재현을 붙잡지 않았다. 노인은 그럼 자신이 직접 차를 몰고 호텔로 바래다주겠다고 했지만 재현은 힘없이 손을 내저어 거절했다.

노인이 자신의 회사에 전화를 걸어 택시를 부른 참이었다. 아주 밤늦은 시간이라, 택시는 빨리 오지 않았다. 새벽 5시가 넘어서야 마당에서 짧고 굵게 클랙슨을 울리는 소리가 들렸다. 노인이 친절하게 짐을 택시에 실어주었다. 영재는 점심때쯤 제가 거기에 갈게요,라고 말했다. 민영 또한 걱정스러운 듯 그들의 주위를 맴돌았다. 택시에 타기 전 노인이 힘껏 그를 끌어안았다. 노인은 몸에서 시큼한 냄새가 나는 것도 아랑곳 않고 한동안 그를 부둥켜안았다. 그의 넓은 품에 안기면서 재현은 순간 울음이 터져 나올 것처럼 얼굴을 일그러뜨렸지만, 아무도 그의 얼굴을 보지 못했다. 재현과 아내는 차례로 차에 올라탔다. 재현은 출발하기 전 잠깐 뒤를 돌아보았다. 영재와 노인, 민영이 셋이서 나란히 선 채, 걱정스러운 얼굴로, 정말이지 아쉽다는 얼굴로 손님들을 배웅하고 있었다. 차는 순식간에 그곳을 빠져나갔다. 저 멀리서 새 울음소리가 끊어질 듯 말 듯 울리다 사라졌다. 차는 계속해서 달리고 달렸다. 그는 아내와 자신 사이에 무언가가 있다는 것을 깨달았다. 집에서부터 가져온 상자였다. 미처 그것을 전해주지 못했다. 상자는 먼지를 잔뜩 뒤집어쓴 채 그 자리에 있었다. 아내는 멍하니 창밖을 바라봤다. 잠시 동안 그들은 아무런 말도 하지 않았다. 한참 후 아내가 깊게 한숨을 내쉬었다. 운전기사가 힐끗 뒤를 돌아봤다. 그는 아내가 본능적으로, 이제 영원히 아들을 잃었음을, 자신들이 도저히 좁히지 못할 어떤 경계선을 기어이 넘어버렸음을 깨닫는 중이라고 여겼다. 그들 앞으로 동이 트고 있었다. 그는 눈을 감은 채 아들을 생각했다. 침울해하는 영재 곁에서 위로해주는 노인과 민영을 그려보았다. 이윽고 눈앞에 햇살을 맞으며 수영을 하는 그들의 모습이 보였다. 나뭇가지 사이로 비치는 찬란한 햇빛에 그들의 벌거벗은 몸뚱어리가 미끈하게 빛났다. 영재는 물속으로 깊숙이 뛰어들었다. 노인과 민영은 그 모습을 보고 웃음을 터뜨렸다. 민영이 젖은 머리칼을 그들을 향해 털었다. 영재는 손을 펼쳐 얼굴을 가렸다가 도망가는 민영을 잡기 위해 다시 물속으로 들어갔다. 노인은 그 모습을 흐뭇하게 바라보았다. 물에 젖은 그들의 몸이 반짝반짝 빛났다. 투명한 물결이 동심원을 그리며 주황색으로 변했다. 그리고 쉴 새 없이 요동쳤다. 너무나 평화롭고…… 아름다워 보였다. "너무 좋아서 가슴이 두근거려, 아빠." 저 멀리서 앳된 아들의 목소리가 들려왔다. 찬란한 해가 점차 크게 떠오르고 있었고, 그의 얼굴 위로 노란 빛줄기가 일렁였다. 그는 앞을 향해 맹인처럼 더듬더듬 손을 뻗었다. 손바닥 위로 따뜻한 기운이 일렁였다. 시야에서 반짝거리는 그들의 모습이 스쳐 지나갔다. 그는 눈을 뜨기 위해 안간힘을 썼다. 조금만, 조금만 더…… 그는 자신이 감히 쳐다

우리[畜舍]의 환대　　　　69

볼 수 없을 만큼 저 빛 너머의 모습이 눈부시다는 듯 자꾸만
두 눈을 움찔움찔 떨었다.

폐차

창밖에는 승용차가 멈춰 서 있었다. 정호의 눈높이에 닿는 작은 창 너머로 보이는 차는 헤드라이트를 꺼둔 채 공터 한구석에 있었다. 컨테이너 하우스의 바깥뜰에는 하얀 눈가루가 엷게 덮여 있었다. 차는 오래전부터 그 자리에 있었다. 정호는 물을 끓이기 위해 가스레인지 위에 주전자를 올렸다. 주위가 온통 논밭인 이곳에는 이따금 저런 차들이 지나가곤 했다. 누가 봐도 어울리지 않게 검붉거나 차체가 낮은 차들. 앞으로, 앞으로만 달리다가 잘못된 장소에 온 것마냥 차들은 그의 집 앞에서 서서히 속도를 늦추다가 멈추곤 했다. 내가 지금 어디에 있는 거지? 차들은 하나같이 자신이 어디에 있는 것인지 가늠하기 위해 숨을 죽이는 것처럼 제

자리에 머물다가 다시 시동을 켜 떠났다. 정호는 마당에 개라도 묶어둘까 싶었지만 출근길에 지나가면서 다른 집 개들을 볼 때마다 마음을 접었다. 그는 두 도의 경계선 근처에 있는 폐차장에서 오전반으로 근무하고 있었다. 이른 새벽 개들은 논밭 사이로 그가 타고 있는 봉고차를 향해 컹컹 짖었다. 개들은 목줄이 팽팽하게 당겨진 채 달리는 차를 향해 달려들었다. 돌아오는 길엔 해가 일찍 떨어져 주위가 온통 캄캄했지만 인기척을 알아챈 개들이 짖는 소리를 들을 수 있었다. 그는 눈을 감고 점점 사라져가는 소리를 들으면서 집으로 돌아오곤 했다.

늦은 저녁을 먹고 텔레비전을 보다 보니 시간이 늦어졌고 차나 한잔 마시면서 잠자리에 들 요량이었다. 아직도 바깥에 있는 차는 떠날 생각을 하지 않고 있었다. 슬며시 걱정이 되기 시작했다. 정호는 계속해서 창밖을 지켜봤다. 그 순간 중키에 마른 몸의 남자가 문을 열고 나왔다. 남자는 어깨를 옹송그린 채 몸을 떨었다. 그는 잠시 주위를 서성이다 방금 내린 차 문을 당겼다. 문은 열리지 않았다. 그는 다시 한번 더 차 주변을 여기저기 확인하더니 이쪽으로 비적비적 걸어오기 시작했다.

정호는 정기를 한눈에 알아보지 못해 미안한 마음에 목뒤만 주물렀다. 이 시간에 이곳까지 동생이 찾아올 줄은 몰랐다. 마당을 가로질러 이쪽으로 가까이 온 끝에야 얼굴을 알아볼 수 있었다. 문을 열자 눈밭의 빛이 반사된 정기의 얼굴이 새하얬다. 마지막으로 본 두 달 전보다 말라 보였다. 하지만 살이 좀 빠진 것만 빼면 여전히 잘생긴 얼굴이었다. "형." 정기는 그를 보자마자 반갑게 웃었다. 그는 "웬일이냐, 네가" 하고 정기가 내민 손을 반갑게 잡았다가 슬며시 놓았다. 그 순간 그는 한참 동안 멈춰 있던 차를 생각했다.

그들은 검은 비닐 소파에 나란히 붙어 앉았다. 맞은편 상자에 올려둔 텔레비전에서 예능 재방송이 작은 소리로 흘러 나오고 있었다. 정기는 보리차를 마시며 뚫어져라 텔레비전을 바라보았다. 정호도 그를 따라 방송을 보려 했지만 출연자들이 당최 누구인지, 무슨 말을 하는지 알아들을 수 없었다.

"엄마는?"

정호는 정기를 향해 물었다. 정기는 이혼 후 엄마와 단둘이 살고 있었다.

"엄마는 그냥 뭐." 정기는 짧게 웃었다. "여전하시지." 그는 계속 화면에서 눈을 떼지 않았다. 정호는 정기의 미적지근한 대답이 꺼림칙했다. 이런 늦은 밤에 거동이 불편한 노인을 홀로 둬도 되는 건지 아니면 누군가에게 맡기고 나온 건지 묻고 싶었지만 정기가 입은 낡은 모직 바지가 눈에 들어왔다. 무릎 부분이 찢어져 있었다.

"말씀드리고 나왔어. 괜찮아." 정기는 맨살이 드러나 있는 무릎을 긁으며 말했다.

"말씀드리고 나왔다고?" 정호는 그게 무슨 말이냐는 듯 다시 물었다.

"그냥 문 앞에서 잠깐만 나갔다가 올게요, 하고 말하는 거지." 정기가 말했다.

엄마는 오후 5시만 넘으면 밀려오는 졸음을 참지 못하고 잠에 빠져든다고 했다. 그는 혼곤히 자고 있을 엄마를 향해 갔다 올게요, 하고 속삭이는 동생을 떠올렸다. 엄마가 깨지 않게 낮게, 아주 낮게, 닫힌 문 앞에서 재빠르게 속삭이는.

"요샌 엄마가 자고 있을 때 이렇게 나와. 처음엔 집 앞만 산책했는데 이제는 그냥 차를 몰고 여기저기 다녀. 그러다 멀리, 점점 더 멀리 가게 되더라."

그는 몸을 뒤로 젖히며 한번은 주문진까지 가서 밤바다를 보고 왔는데도 엄마가 여전히 자고 있었다고 말했다. 정호는 그래서 그가 여기까지 온 건가, 하고 생각했다. 점점 더 멀리, 더 멀리 달리다 자신에게까지 오게 된 게 아닐까.

"사실은." 정기는 바닥에 컵을 내려놓으며 말했다. "폐차할 게 있어서 왔어."

"폐차?" 정호는 동생이 자신에게 찾아온 이유 중 가장 뜬금없는 말을 들은 것 같았다. 정기는 바깥을 힐끗 가리키더니 "친구가 준 차인데, 중고로도 안 팔린대. 마침 내가 형이 일하고 있다고 하니까 걔가 맡겼는데 사실 그동안 내가 타고 다녔거든" 하고 말했다.

"그런데 오늘 급하게 전화가 와서 폐차하고 나서 난 고철값을 달라고 하지 뭐야." 정기는 툴툴거렸다. "그래서 온 거야, 그래서."

그렇구나. 정호는 가르마를 중심으로 흰 머리가 퍼져가는 정기의 정수리를 보며 고개를 끄덕였다.

시간은 새벽 3시를 넘어가고 있었다. 앞으로 두 시간만 기다리면 정호를 태울 봉고차가 올 터였다. 정기는 그 차를 따라 폐차장으로 갔다가 일을 본 후 근처에서 택시를 타고 버스 터미널로 가면 될 터였다. 서두르면 점심 전까지는 집에 도착할 수 있을 것이다. 정호는 혼자 남아 있을 엄마를 떠올렸지만 정기 앞에서 말을 꺼내진 않았다. 너 빨리 가봐야 하지 않니. 여기 이러고 있으면…… 그는 재촉하고 싶지 않았다. 정기는 소파에 비스듬히 몸을 파묻고 이리저리 채널을 돌렸다. 그의 무료한 얼굴 위로 텔레비전의 화면에서 비친 빛이 스쳐 지나갔다. 소파 근처에서 정호의 휴대폰이 울렸다. 정호는 휴대폰을 찾기 위해 아무렇게나 구겨둔 이불을 들어 올렸다. 이불 구석에 있던 낡은 휴대폰이 떨어졌다.

"어, 자넨가?" 전화를 받자마자 반장의 느긋한 목소리가 들렸다.

"자네 지금 어디 있는가?"

그는 집이지요, 하고 답했다. 정기는 궁금하다는 듯 이쪽을 보고 있었다. 정호의 목이 조금 움츠러들었다.

"지금 갈 수 있는가? 사장이 전화가 왔어. CCTV에 누가 자꾸 보인다는구면."

폐차장에 들어와 부품이나 고철 따위를 훔치는 사람들이 있었다. 아무리 펜스를 치고 자물쇠를 걸어도 사람들은 희한하게 어디를 통해서든 들어왔다. 반장은 그나마 집이 가까운 그에게 현장으로 가보라고 하는 것이었다. 아무리 가깝다 해도 차로 2, 30분이 걸리는 거리였다.

"알겠습니다." 그는 바깥에 있는 차를 바라보며 대답했다.

길을 아는 정호가 운전대를 잡았다. 번거롭게 조수석에 앉아 이 길 저 길을 가리키느니 이편이 나았다. 무엇보다 주위가 앞으로 한 걸음도 못 갈 만큼 온통 캄캄했다. 어쩌다 운동 삼아 집 앞이 아닌 조금 떨어진 거리에 내려달라고 부탁해 내릴 때도 있었는데, 질퍽한 땅을 걷는 자신의 걸음 소리만 들릴 뿐 아무것도 들을 수 없었다. 풀벌레 소리조차 없이 자신이 내뱉는 숨소리에만 의지하며 농밀한 어둠 속을 걸을 때마다 그는 마치 한 마리의 개가 된 것 같았다. 저 멀리 누군가 다가오는 불빛을 향해 컹 하고 짖게 되는. 정기는 매끄럽게 운전대를 돌리는 그를 보면서 감탄했다. 길 자체가 폭이 좁아 몇 번이고 도랑으로 빠질 뻔했다는 정기의 말과 달리 정호는 후진 한 번 만에 빠져나와 제대로 길을 찾았다. 좁은 도로를 달릴 동안 그들은 아무 말도 하지 않았다.

잠시 후 마을 입구를 벗어나 포장된 국도가 나오자 정기는 창문을 열었다. 찬바람과 함께 멀리서 축사 냄새가 희미하게 났다. "좋다." 정기는 창밖으로 고개를 돌린 채 말했다. 양옆으로 추수가 끝난 황량한 들판이 스쳐 지나갔다. 들판에는 쌓아둔 짚더미가 보일 뿐 아무것도 보이지 않았다. 찬바람이 섬찟하게 오른뺨에 닿을 때마다 정호는 창문을 닫으라고 하고 싶었지만 정기는 여전히 바깥을 보며 스읍, 스읍하고 입맛을 다셨다. 그렇게 한동안 논밭들을 지나쳐 달리자 굴다리가 나왔다. 그대로 굴을 통과하면 이전의 풍경과 비슷한 또 다른 마을이 나왔다. 다리 위에 있는 도로를 타기 위해선 좌회전을 해야 했다. 정호는 잠깐 망설이다 좌회전을 해 위쪽 도로를 탔다. 아까의 길보다 포장된 길이 펼쳐졌다. 다만 산을 깎아 만든 길이라 커브가 많았다.

"좌회전인데 신호 안 받아도 돼?" 정기는 팔을 쓸며 창을 닫았다. 희미하게 나기 시작했던 풀 냄새가 순식간에 사라졌다.

"무슨." 정호는 피식 웃었다. 신호등 따윈 없었다. 이곳은 신호 없이 좌회전을 하는데도 한 번도 사고가 일어나지 않았다. 정기는 몸을 숙여 히터의 온도를 높이고 다시 창밖만 바라보았다. 검은 나무들이 그들을 내려다보고 있었다. 비죽 솟아난 나무들 쪽을 힐끗 보며 정호는 커브를 돌기 위해 조심스레 운전대를 꺾었다. 그의 몸이 정기를 향해 쏠렸다.

"이대로 계속 갔으면 좋겠다." 몸이 제자리로 돌아오자 정기가 불쑥 말했다.

"뭐?" 정호는 운전대를 조금 움켜잡았다.

"이대로 계속 갔으면 좋겠다고. 달리기 좋잖아, 여기. 신호 안 지켜도 되고." 그의 말에 정호는 아, 하고 고개를 끄덕였다. 그건 그렇지. 그들은 모두 앞을 보았다. 둥그런 헤드라이트의 그림자가 길게 늘어나 있었다. 그 일렁이는 자국을 넘어서는 한 치 앞도 보이지 않았다. 그 순간 갑자기 검은 그림자가 후다닥 그들의 앞을 덮쳤다. 정호는 급하게 운전대를 옆으로 틀었다. 반동 때문에 몸이 뒤로 젖혀졌다. 그는 얼른 브레이크를 밟았다. 바퀴가 힘차게 돌다 멈추면서 요란한 소리가 퍼졌다. 정호는 욕설이 나오려는 걸 참았다. 다행히 반대쪽 차선에서 오고 있는 차는 없었다. "괜찮아?" 그가 정기에게 물었지만 정기는 대답하지 않고 고개를 뒤로 돌렸다. 어딘가를 유심히 보는 정기의 표정이 이상했다. 그는 백미러를 확인했다. 도로 한복판에 무언가가 우두커니 서 있었다. 후진등과 반사등이 부딪혀 희미하게 빛 번짐이 있었지만 확실히 무언가 있었다. 언뜻 봐선 야생 짐승인 것 같았다. 그것은 정확히 이쪽을 보고 있었다. 빛 속에서 어슴푸레한 윤곽이 보이자마자 놈은 순식간에 산으로 달아났다. 가느다란 뒷다리가 허공에서 사라졌다.

"에이 씨." 놀란 가슴을 진정하고 정호는 핸들을 돌려 차선을 바꿨다. 정기도 짧게 한숨을 내쉬더니 이내 무표정한 얼굴로 앞을 바라보았다.

"고라니인가." 정기는 무덤덤하게 말했다. 그래. 정호는 짧게 대답하면서 이따금 한밤중에 저 멀리서 눈빛을 쏘아대며 논밭 위를 경중경중 뛰며 사라져가던 고라니를 떠올렸다. 흔한 일이었다. 정기는 창문을 내렸다. 다시 세찬 바람이 차 안으로 들어왔다.

"사실." 정기는 창밖으로 팔을 내밀었다.

"아까도 이쪽으로 오는 길에 고라니를 봤어." 그는 다시 습, 하고 입맛을 다셨다.

"그리고 쳐버렸어."

"뭐?" 정호는 운전대를 놓칠 뻔했다. 마침 다시 왼쪽으로 커브를 돌아야 했다. 그는 속도를 늦추면서 방향을 돌렸다.

정기의 어깨가 정호 쪽으로 쏠렸다.

"그게 무슨 말이냐." 정호는 정기를 보며 물었다. 다시 길은 앞으로 죽 뻗어 있었다. 정기는 턱을 받친 채 검은 우듬지 쪽을 바라보고 있었다.

"저 멀리서부터 날뛰며 오더니 내 쪽으로 박아버렸어." 정기는 작게 중얼거렸다. 서늘한 바람이 불어오면서 정기의 앞머리가 흔들렸다.

"그대로 놔둘 수도 없고 해서…… 갖고 왔어." 정기는 뒷좌석을 가리켰다. 그러니까 트렁크 안에 그 짐승을 넣어두었다는 말이었다. 정호는 "그런 걸, 왜……"라고 더듬거렸다. 정기는 그냥, 하고 대답했다. "형이 좋아할 거 같아서. 같이 일하는 사람들 중에 저런 걸 먹는 사람들이 있지 않아?" 대수롭지 않은 정기의 말에 그는 그건 그렇지, 하고 생각했다. 폐차장 한구석에 있는 낡은 드럼통을 떠올렸다. 가끔씩 인부들과 모여 삼겹살을 굽거나, 목살을 사다 구워 먹은 적이 있긴 했지만 고라니를 먹어본 적은 없었다. 그러고 보니 누군가 한 번 그런 적이 있다고 들은 것 같았다. 염소나 사슴이 별미라고 일부러 구해다 먹는 판에 그런 고기도 나름 맛이 괜찮다고도 했다. 글쎄다. 정호는 서서히 속도를 줄였다. 쿵. 차 뒤편에 무언가가 둔탁하게 부딪히는 소리가 들렸다. 무거운 것이 살짝 들렸다가 떨어지는, 어딘가 귀퉁이에 닿는 소리. 그는 페달을 조심스럽게 밟았다.

"근데 고라니가 맞긴 해?" 정호는 말을 하면서도 아까 본 짐승을 말하는 건지, 아님 정기가 갖고 온 짐승을 말하는 건지 혼란스러웠다. 어쩌면 둘 다일지도 몰랐다.

"글쎄." 정기는 얼굴을 찡그렸다.

"어쩌면 고라니가 아닐지도 모르지." 정기는 부러 대수롭지 않은 일처럼 말했다. "고라니인지. 뭔지. 어쨌든 정말 요상하게 생겼어. 정말…… 이상했어." 그리고 정기는 입을 다물었다.

이제 도로는 좀더 폭이 넓어진 채 시원하게 앞으로 죽 뻗어 있었다. 논밭으로도 개간하지 않은 토지가 넓게 펼쳐졌다. 전봇대 사이에 묶인 '임대' 플래카드가 세차게 휘날렸다. 정호는 신호를 받을 때마다 트렁크에서 무슨 소리가 나는지 귀 기울였다. 희미하게 덜커덩거리는 소리가 나는 것 같기도 하고, 아닌 것 같기도 했다. 무엇인지는 모르겠지만 분명히 뭔가가 있기는 했다. 갑자기 뒤에서 자신을 끌어안은 무언가가 길게 늘어지는 것 같은, 그런 기분…… 달릴 때마다 그런 알 수 없는 기분에 휩싸인 채 그는 속도를 냈다. 새벽이 되면서 차츰 주위가 어슴푸레하게 보였다. 저 멀리 또다른 신호등이 보였다. 그 아래 정지선에는 낡은 트럭 한 대가 있었다. 그는 천천히 속도를 줄여 트럭 뒤에 멈춰 섰다. 서서히 페달에서 발을 떼면서 뒤쪽에서 무슨 소리가 들리는지 귀 기울였지만 여전히 아무런 소리도 들리지 않았다. 그는 신호를 기다리며 답답한 마음에 창문을 열었다. 가까운 풀밭에서 부스럭거리는 소리가 들렸지만, 바람이 멎자 다시 고요해졌다. 큼. 정기가 기침을 터뜨렸다. 이내 신호가 바뀌었다. 앞에 선 차는 시동만 켠 채 제자리에 멈춰 있을 뿐 앞으로 나갈 생각을 하지 않았다. 평소대로라면 창문을 열고 소리라도 치겠으나, 어차피 주위엔 다른 차도 없는 데다 급할 것도 없었다. 사실 어쩐지 폐차장에 가기 싫은 마음도 있었다. 뒤편에서 이리저리 쿵쿵 부딪혔던 고라니를 마주하기가…… 정기는 이대로 괜찮은 건지 느긋하게 앞차를 기다렸다. 정호는 짧고 강하게 클랙슨을 눌렀다. 차는 여전히 미동이 없었다. 그들은 닫혀 있는 트럭의 녹색 방수포를 바라보았다. 정호는 슬그머니 정기의 눈치를 살폈다. 정기는 태연하게 라디오 주파수를 맞춰보다가 손잡이를 잡았다가 하며 여유를 부렸다. 정호는 홀로 남아 있을 엄마를 떠올렸다.

그가 마지막으로 엄마를 본 건 두 달 전이었다. 젊었을 때와 지금의 엄마는 전혀 다른 모습이었다. 유일하게 남은 것은 도전적인 눈빛, 상대방을 질릴 때까지 쳐다보던 호전적인 눈이었다. 정호가 집으로 돌아가려고 자리에서 일어나자 엄마도 덩달아 일어나려고 했다. 정호는 앉아 계세요, 하며 엄마를 앉히려고 했지만 엄마는 입술을 굳게 다문 채 두 주먹을 쥐고 일어나려고 했다. 늘어난 티셔츠 사이로 뼈들이 가지런한 앙가슴이 보였다. 뼈밖에 없는 손목을 잡는데도 도저히 엄마를 앉힐 수가 없었다. 그는 안간힘을 썼다. 노인에게 어디서 이런 힘이 나오는 걸까. 덥석 잡힌 그의 두 손목이 얼얼했다.

"엄마는 괜찮으시지?" 정호는 여전히 움직일 기미가 없는 트럭을 보며 말했다.

"응." 정기는 짧게 한숨을 쉬었다.

"어제는 요구르트를 드렸는데 누워서 드시겠다는 거야. 어쩔 수 없이 빨대에 꽂아서 드렸는데, 먹는 게 반, 흘리는 게 반이야. 일어나라고 해도 말을 안 들어. 밑바닥밖에 남지 않아서 더 이상 안 나오는데도 계속 달래, 나머지를 달래. 일어나야 마저 먹을 수 있다고 해도 듣지를 않아. 턱밑까지 흘러내리는데도 계속 빨더라고."

이거 보라구. 그는 자신의 앞섶을 내밀어 정호에게 보여줬다. 금방이라도 가까이 닿을 듯한 옷자락에 허연 얼룩이 크게 번져 있었다. 정호는 어쩔 수 없이 코를 갖다 댔다. 달큰하다기보다는 이상하게 묵은 냄새가 났다. 그 순간 언뜻 옷감 안쪽에 더 크게 번져 있는 자국이 보였다. 갑자기 앞차가 후진등을 깜박였다. 정호는 조심스레 방향을 틀어 옆으로 빠져나갔다. 그는 차를 몰면서 트럭에 누가 타고 있었는지조차 제대로 보지 못했다는 것이 생각났다. 어쩔 수 없었다. 그는 그대로 차를 몰았다.

그들은 다시 침묵한 채 각자 창밖을 바라보았다. 별다른 할 말이 없었다. 찰랑거리는 요구르트의 밑바닥을 마저 마시겠다는, 삶에 대한 노인의 집착이 자신에게까지 뻗쳐오는 것 같았다. 정호는 서늘한 정기의 옆모습을 보며, 어쩐지 코에 비해 턱이 유달리 작은 건 아닌가 싶은 생각이 들었다. 나이가 들면서 잘생겼던 인상이 조금씩 볼품없어 보이기 시작했다. 뭐랄까, 빈 구석이 많아 보였다. 가진 게 그다지 많지 않은, 결여가 보이는 얼굴. 아직 서른여섯이면 젊은 나이일 텐데 멀찍이 어딘가를 한 바퀴 뛰고 온 얼굴이었다. 정호는 정기가 항상 어딘가를 향해 가고 있다고 생각했다. 고등학교를 졸업하자마자 지방을 전전하며 생산직에서 일하기도 했고, 친구를 따라 필리핀에 조그마한 오토바이 가게를 내기도 했다. 그러나 얼마 되지 않아 다시 제자리로 돌아와 있었다. 엄마의 옆에, 어렸을 때부터 살던 그 다세대 빌라 안으로. 결국 가장 멀리 떠난 사람은 자신이었다. 그는 어쩐지 정기를 제대로 마주 보지 못할 것 같은 기분이 들었다. 쿵. 과속방지턱을 넘는 바람에 트렁크 안에서 부딪히는 소리가 들렸다. 차가 살짝 올라갔다 내려오면서 다시 어딘가에 부딪히는 둔탁한 소리가 났다. 안에 있는 고라니는 저 안에서 이리저리 조금씩 구르고 있을 터였다.

"왜 저런 걸 받았니?" 그는 결국 참지 못하고 물었다.

정기는 그를 빤히 보았다. 정호는 더 참지 못했던 것을 후회하며 다음 신호를 기다렸다.

"어쩔 수 없었어, 형." 정기가 말했다.

"저걸 받지 않고는 갈 수가 없었어. 도저히 앞으로 갈 수 없었다구."

정기는 아무런 높낮이 없이 차분히 말했다.

정호는 차를 갓길로 틀었다. 아까부터 초조한 탓인지 소변이 마려웠다. 논밭과 도로 사이로 바리케이드가 세워져 있었다. 그곳이 제일 적당한 장소로 보였다. 정기는 갑자기 방향을 트는데도 별말이 없었다. 막상 차를 세우고 밖으로 나가니 요의가 가셨다. 새벽 공기의 선선한 냄새가 났다. 그는 가만히 숨을 내쉬며 황량한 들판을 바라보았다. 들판 위로 정리하다 만 비닐하우스가 찢어져 있었다. 어딘지 쓸쓸한 곳이었다. 어린 시절 엄마는 그들을 차에 태워 이런 곳에 내버려두고 가버리곤 했었다. 그들은 영문도 모른 채 차에서 내릴 수밖에 없었다. 한 시간이고 두 시간이고 정처 없이 걷다 보면 헤드라이트를 켠 채 기다리는 차가 보였다. 무엇을 잘못했는지도 모른 채 그들은 한겨울 찬바람을 맞으며 걸었다. 그러다 점점 더 멀리, 점점 더 먼 곳에 남겨지곤 했었다. 컹. 불현듯 개 짖는 소리가 들렸다. 찢어진 비닐하우스 앞에서 백구 한 마리가 이쪽을 보며 짖고 있었다. 백구는 잔뜩 경계를 늦추지 않았다. 긴 주둥이 사이로 날카로운 이빨이 드러났다. 정호는 다시 몸을 돌려 차에 타려고 했지만 언뜻 백구의 뒤로 무언가 움직이는 것들이 보였다. 자세히 보니 자그마한 황톳빛 강아지 두어 마리가 어미 뒤에 숨어 있었다. 그는 슬그머니 웃었다. 컹컹. 백구는 짖기를 멈추지 않았다. 어둠 속에서 개의 두 눈이 섬광처럼 빛났다가 사라졌다. 그는 어쩐지 묘하게 안심이 됐다. 정기가 말한 요상한 고라니가 떠올랐다. 별거 아니었어. 정호는 차 문을 열며 중얼거렸다.

"소변 보려고 했던 거 아니야?"

정기가 의아한 얼굴로 물었다. 그는 그보다 방금 본 것들을 얘기해주고 싶었다.

"저기 개가 있어. 새끼도 있더라."

정기는 그가 가리킨 곳으로 고개를 돌렸다. 어느새 개들은 사라지고 없었다.

"없는데?" 아니 있어. 저기 있다구. 그는 정기에게 개들을 보여주고 싶었다.

"어쩌면 우리가 봤던 게 개일지도 몰라." 정호의 말에 정기는 이마를 찌푸렸다. 말하고 보니 정말 이 주변에는 개가 많았던 게 떠올랐다. 집을 나온 개도 들개가 되어 이리저리 논밭 사이로 먹을 것을 찾아다녔다. 정기는 여전히 아무것도 보이지 않는다고 했다. 정호는 찢어진 비닐하우스를 안타깝게 보았다. 저기에 있어. 그는 비닐하우스를 가리켰다.

"조금만 더 기다려보자구. 곧 나올 테니까."

그의 말에 정기는 할 수 없다는 듯 고개를 끄덕였다. 그들은 나란히 앉아 히터 바람을 맞았다. 따뜻한 기운이 얼굴에 닿는 것과 달리 밖에선 세찬 바람이 강하게 불기 시작했다. 이따금 소름이 끼칠 정도로 날카로운 바람 소리가 울리다 사라졌다.

똑똑. 누군가 차 문을 두드리는 소리에 그들은 화들짝 놀랐다. 정호 쪽에서 검은 패딩을 입은 남자가 창문을 두드리고 있었다. 사이드미러로 보니, 뒤에 흰색 트럭 한 대가 기다리고 있었다. 정호는 창문을 내렸다.

"차 좀 빼줘요." 나이가 지긋하게 든 남자가 말했다. 어두운 밤공기 속에서 남자의 하얀 입김이 피어올랐다가 사라졌다. 남자의 턱 끝에 있는 수염의 군데군데가 희끗했다.

"여기서 장사하는 차니까, 계속 여기 있지 말고 자리 좀 비켜줘요."

정호는 알겠다고 한 후 기어를 바꾸었다. 일단 후진을 하려면 뒤에 있는 트럭이 더 뒤로 비켜줘야 했다. 그러나 정작 남자는 자신의 차로 느릿느릿 걸어갔다. 정호는 툴툴거리며 남자가 트럭에 올라탈 때까지 기다렸다. 잠시 후 차가 뒤로 빠지자, 정호는 후진을 했다. 그리고 공터 쪽이 아닌 국도 쪽으로 차를 몰았다.

"잠깐만." 정기는 그대로 가려는 정호를 말렸다. 정호는 브레이크를 밟은 채 기다릴 수밖에 없었다. 잠시 후 트럭이 매끄럽게 그들이 있던 자리로 들어와 멈췄다. 뒤에는 녹색 방수포 천막이 닫혀 있었다. 아마 도로 한구석에 과일이나 과자 따위를 파는 차인 것 같았다.

"잠깐만 기다려, 형." 정기는 그 말만 남긴 채 밖으로 나갔다. 정호는 한겨울에도 맨무릎이 드러나는 바지를 입고 비적비적 걸어가는 동생을 멍하니 지켜보았다. 정기는 트럭으로 가더니 천막 안으로 허리를 숙였다. 도대체 무엇을 사려는지 알 수 없었지만 굳이 저런 곳에서 사야 하나 싶었다. 잠시 후 검은 비닐봉지를 든 정기가 차로 돌아왔다. 그는 바스락거리는 봉지를 자신의 다리 아래에 두었다.

"배추를 팔더라고." 배추? 정호는 저런 차에서 많고 많

은 야채 중 배추를 팔기도 하나 싶어 의아했다. 그냥 배추가
아니야, 겨우내 땅에 얼어붙었다가 볕에 녹았다가 하는 배
추래. 그런 배추가 크고 맛있어. 정기의 말에 그래, 그렇구
나, 그런 배추도 있구나 싶었다. 정호는 조금씩 페달에 올려
둔 발에 힘을 실었다.

"그런데 형도 봤지? 저 사람 다리 하나가 없는 거."

정기의 말에 그는 아무 말도 하지 않았다.

"아까 유심히 봤는데 바지 한쪽이 비어 있던데."

그래서 지나치지 못했으리라. 폐차장에 가까워지고 있음
을 알리는 익숙한 풍경들을 보며 정호는 생각했다. 정기는
자신과 달랐다. 자신과 달리 비겁하지 않은 사람. 그래서 정
기가 엄마의 곁에 있는 건지도 몰랐다.

"배추와 같이 끓여 먹으면 맛있을 거야."

정기는 봉지를 열어 보여주었다. 검은 봉지 안에 싱싱한
배춧잎이 가득했다. 정호는 정기가 트렁크 안에 있는 고라
니를 말한다는 것을 깨달았다.

"나, 필리핀에서 식당 일도 했었거든. 내가 해줄게, 형. 소
주랑 같이 마시라고."

그는 금방이라도 가죽을 벗기는 것처럼 손목을 돌렸다.

저 멀리 폐차장 간판이 보였다. 정호는 서서히 속도를 늦

추며 입구로 차를 몰았다. 입구에서부터 타이어가 무덤처럼 쌓여 있었다. 정기는 신기한 듯 앉은 자리에서 주변 여기저기를 살펴보았다. 정호는 꺼림칙한 마음으로 폐차장 안에 있는 작업장으로 차를 몰았다. 잠시 후 그는 조심스럽게 차를 세웠다. 주변에는 작업하다 만 차들이 주차되어 있었다. 그는 밖으로 나와 스트레칭을 하기 시작했다. 뻐근했던 근육들이 늘어나면서 소름이 돋았다. 찬 공기 속에서 입김을 내뱉으면서 주위를 둘러봤지만 고즈넉한 정적만이 흐르고 있었다. 어딘가 부서지거나, 한눈에 봐도 빛바랜 각기 다른 종류의 차들이 에워싸고 있었다. 그는 사무실 겸 휴게실로 쓰고 있는 컨테이너 쪽으로 갔다. 보통은 바로 그 옆에 있는 차고에서 부품을 떼는 작업이 이루어졌다. 자동차의 앞 범퍼 같은 것을 떼다, 종류별로 분류했는데, 대충 쌓여 있는 고철들을 봐선 지난주 작업량과 비슷해 보였다. 사장이 CCTV를 통해 봤다고 했던 수상한 사람이 있는지 살펴보았지만 아무것도 보이지 않았다. 애초에 사람이 다녀간 흔적조차 볼 수 없었다.

"형, 뭐 해?"

정기는 그를 뒤따르며 말했다. "나 빨리 가야 하는데." 정기는 그 말과 함께 주위를 두리번거렸다. 저 멀리, 붉은색 철근으로 이루어진 폐차 압축기가 보였다. 거대한 사각 틀로 이루어진 기계는 형광색으로 바리케이드 모양이 표시되어 있었다. 지게차에 폐차를 싣고 그곳에 내려놓으면 압축판이 천천히 내려오면서 차를 으스러트렸다. 그렇게 압축된 차를 지게차로 실을 때마다 확실히 전보다 가벼워진 것을 느낄 수 있었다. 여기저기 뒤틀린 평평한 철근 덩어리.

하지만 지금 바로 차를 폐차할 수는 없었다. 이 일에도 나름의 절차가 있었다. 먼저 사무실에 들어가 차량 조회를 해봐야 했다. 그런 일은 보통 반장이 맡았는데, 이상하게 오고 있다던 그가 보이지 않았다. 지금쯤이면 도착하고도 남을 시간이었다. 바로 일을 진행할 수 없다는 말에 정기는 실망한 눈치였다. 그렇다고 정기를 오래 붙잡아둘 수는 없었다. 정호가 우선 폐차한 차의 고철 값을 줄테니 일단 집으로 돌아가라고 하자, 정기는 고개를 저었다.

"아니…… 기다리지 뭐……"

그는 타고 온 차의 지붕을 훑으면서 중얼거렸다. 기다리지 뭐…… 늘어지는 그의 말에 정호의 가슴 안에서 불안이 일렁였다. 그냥 자신에게 일을 맡기고 가면 되는 것 아닌가. 하지만 정기는 차 옆에서 꼼짝 않고 기다리겠다는 듯 폐차장 입구를 바라봤다. 아무래도 오고 있다는 반장을 기다리는 듯했다. 그는 운동화 앞코로 바퀴 옆 흙을 파며 주머니에 두 손을 찔러 넣었다. 굳이 차가 폐차되는 걸 자신의 두 눈으로 보고 갈 요량인 것 같았다. 정호는 문득 트렁크를 떠올렸다. 일단 차를 폐차시키려면 그것부터 꺼내야 했다. 정호는 차 뒤편으로 다가갔다. 그는 천천히 두 손을 트렁크 위에 내려놓았다. 그러곤 한쪽 손에 쥐고 있던 열쇠를 만지작거렸다. 어느새 입안은 바싹 말라 있었다. 그는 억지로 마른침을 삼켰다. 퉁. 둔탁한 것이 그 안에서 뛰어올랐다. 그는 화들짝 놀라 뒤로 물러났다. 퉁. 또다시 무언가가 들이박는 소리가 들렸다.

"아직 살아있나 봐."

그의 말에 정기는 오묘한 표정으로 트렁크를 쳐다봤다. 안에 든 것이 고라니든 멧돼지든 다른 무엇이든 간에, 살아 있다면 다른 문제 아닌가. 죽은 동물을 봐야 한다는 꺼림칙한 마음에서 나아가 혼란스러운 물음에 휩싸인 채 그는 어쩔 줄 몰라 했다. 어둠 속에 뻗은 자신의 두 손이 어떻게 해야 할지 몰라 허공 속에 머물러 있었다.

"기다리지 뭐." 정기는 담담하게 말했다.

"죽을 때까지 기다리자구."

여느 때보다 정기의 목소리가 또렷하게 들렸다. 그래도…… 정호는 자신도 모르게 다시 트렁크 위에 손을 올렸다. 그래도 꺼내야 하지 않나 하는 마음이 들었다. 그는 차키를 눌러야 한다는 것도 잊은 채 트렁크를 들어 올리려고 했다. 정기가 그의 팔을 덥석 움켜잡았다.

"기다리자니까."

정기가 빤히 그를 쳐다보았다.

더는 추위를 참을 수 없었다. 마냥 바깥에서 기다릴 수는
없는 노릇이었다. 그들은 다시 차 안으로 들어갔다. 난방을
틀고 기다리자 훈기가 차 안을 감돌았다. 트렁크에서는 아
무런 소리도 들리지 않았다. 아직 살아 있을까. 정호는 그곳
에서 가만히 숨을 내뱉고 있을, 자신을 짓누르는 어둠을 바
라보고 있을 고라니를 그려보았다. 그 짐승의 눈에 지금 무
엇이 보일지는 아무도 몰랐다.

"형, 기억나?" 정기는 갑자기 침울한 목소리로 말했다. "옛
날에 이런 곳에 엄마가 우리를 버려두고 간 거."

정호는 짧게 고개를 끄덕였다.

"한번은 나만 버려두고 간 적도 있었어."

그랬나? 정호는 아무리 떠올려봐도 떠오르지 않았다. 그
보다, 어떻게 자신보다 어린 정기가 제대로 길을 찾아왔는
지 궁금했다.

"그건 기억 안 나."

정기는 좌석에 몸을 파묻으며 말했다.

"다만 기억나는 건 저 멀리 사라져가던 엄마 차뿐이야. 형

이 뒷좌석에서 나를 걱정스럽다는 듯 바라보고 있다가……
고개를 돌려버리더라고." 그게 다야. 정기의 말이 무겁게 가
라앉았다. 그들 사이로 침묵이 흘렀다.

　잠시 후 입구에서 하얀 트럭이 빠른 속도로 들어왔다. 전
조등 불빛에 이리저리 튀는 자갈들이 보였다. 반장의 차량
인 줄 알았으나 이상했다. 하지만 어딘지 낯이 익은 차 같았
다. 갑작스러운 차량의 등장에 그들은 나가지도 못하고 멍
하니 바라볼 수밖에 없었다. 트럭은 폐차 사이에 주차하더
니 잠시 그 자리에 머물러 있었다. 10여 분쯤 흘렀을까, 운
전석에서 한 남자가 문을 열었다. 남자는 망설임 없이 땅으
로 훌쩍 뛰었다. 검은 패딩 아래, 면바지 한쪽 자락이 펄럭
이고 있었다. 아, 정호는 자신도 모르게 낮은 목소리를 냈다.
그러나 자신의 목소리가 들리지 않았다. 남자의 다른 발은
하얀 운동화를 신고 있었다. 그는 조심스럽게 방수포를 열
었다. 배추가 있을 거란 예상과 달리, 어린 남자아이가 빼꼼
히 고개를 내밀었다. 이내 남자는 한쪽 발로 뛰면서 방수포
를 활짝 젖혔다. 아이가 트럭 끝에 걸터앉았다. 남자가 아이
에게 무어라 말을 건네더니, 모아둔 철물 쪽으로 능숙하게
뛰어갔다. 남자가 뛸 때마다 무게중심이 한쪽으로 쏠렸다.
남자는 철근들 사이에서 허리를 굽혀 고물을 고르기 시작
했다. 아이는 트럭 위에서 냉큼 내려와 남자의 곁으로 다가

갔다. 남자는 꿇어앉은 채 손짓을 하며 아이를 밀었다. 아마 다시 트럭으로 돌아가라고 하는 것 같았다. 아이는 추위 때문에 벌게진 얼굴로 완강히 고개를 저었다. 아이의 주변으로 하얀 입김이 피어올랐다. 마지못해 남자가 긴 철근 하나를 집어 들자, 아이가 남자를 도와 철근의 반대쪽을 잡았다. 그들은 트럭 쪽으로 조심스럽게 철근을 옮겼다. 그들은 익숙하게 그것을 트럭 안으로 밀어 넣었다. 남자는 완강하게 아이를 다시 트럭 위에 앉히더니 혼자서 다시 철근을 향해 뛰어갔다. 아이는 트럭 위에서 걱정스럽게 제 아버지를 쳐다보았다. 남자는 괜찮다는 듯 손을 휘휘 저으며 간간이 아이에게 미소를 지어 보였다. 너는 들어가 있어라. 괜찮아. 아버지가 다 할 테니. 정호의 귓가에 남자의 목소리가 들리는 듯했다. 남자는 아이를 그 자리에 앉혀둔 채 고물을 날랐다. 아이의 멀쩡한 두 다리가 가지런히 뻗어 있었다. 정호는 밖으로 나가기 위해 몸을 틀었다. 그 순간 정기가 그의 어깨를 움켜잡았다. 정기가 조용히 손에 힘을 주었다. 그는 몸을 움직일 수 없었다. 절뚝이는 남자가 철근을 훔쳐가는 모습을 그들은 조용히 지켜보았다.

일을 마친 남자는 재빨리 차에 올라탔다. 어느새 아이는 차 안으로 들어갔는지 보이지 않았다. 남자는 유유히 그대로 차를 몰아 밖으로 빠져나갔다. 트럭이 떠나고 난 후 그들

중 먼저 말을 꺼내는 사람은 없었다. 이제 주변 풍경은 전보다 환해져가고 있었다. 반장은 아직 오지 않았다.

퉁.

트렁크 쪽에서 둔탁한 소리가 들렸다. 정호는 조금 전 꺼둔 시동을 다시 켰다. 그는 기어를 바꾸었다. 그리고 뒤쪽을 보며 조심스럽게 운전대를 돌렸다. 그는 저 멀리 폐차 압축기를 향해 후진했다. 반장이 오기 전 작업을 해도 괜찮을 것 같았다. 정기는 말없이 그를 바라보았다. 작업을 끝낸 후 철근 판을 지게차로 옮겨 다른 것들과 같이 저 들판에다 버린다고 한들 아무도 모를 것이다. 정말이지 아무도 모를 것이다. 하지만 지금 그는 어쩐지 동생의 눈을 마주 보고 싶지 않았다. 그럼에도 정기 역시 바로 자신과 같은 것을 느낄 거라고 생각했다. 저기 눈부신 햇빛 아래 서로가 온 힘을 다해 부둥켜안고 있는 것 같은 기분…… 저 멀리, 압축기 너머 철근 더미 위에 서 있는 개 한 마리가 보였다. 개는 목을 웅크린 채 이쪽을 향해 컹 하고 짖었다.

혜주

그해 여름은 혜주와 보냈다. 정확히 말하면 나와 혜주와 혜주의 아버지. 이렇게 셋이서 함께 한 계절을 보냈다. 혜주와 나는 오랜만에 혜주의 아버지가 입원한 대학병원에서 만났다. 내가 처음으로 병원에 방문했던 날, 혜주는 근처에 공원이 있으니 바람도 쐴 겸 함께 산책을 가자고 했다. 나는 천천히 그들 부녀를 뒤따라 걸었다. 혜주는 매일 아버지가 탄 휠체어를 밀며 그곳을 돈다고 했다. 한 바퀴 그리고 또 한 바퀴. 환자복을 입은 채 밖으로 나와 어슬렁거리며 담배를 피우는 사람들이 공원을 도는 우리를 지켜보다 사라지곤 했다. 덥지? 혜주가 내 쪽을 돌아보며 물었다. 그리고 그늘이 있는 곳으로 가기 위해 휠체어의 방향을 틀었다.

"싫다."

그때까지 아무 말 없이 가만히 앉아 있던 혜주의 아버지
가 갑자기 얼굴을 찌푸리며 손을 휘휘 저었다. 나는 당황해
서 잠시 걸음을 멈췄다. 하지만 혜주는 무표정한 얼굴로 꿋
꿋하게 휠체어를 밀었다. 나는 머뭇거리다 그런 혜주를 따
라갔다. 분지인 이곳은 매년 다른 지역보다 무더웠고, 그해
는 유달리 더위가 일찍 시작해 볕이 대단했다. 공원을 산책
하는 사람도 우리밖에 없었다. 조금만 더 그곳에 머물렀으
면 내가 먼저 그늘이 진 그곳으로 가자고 이야기를 꺼냈을
수도 있었다. 등나무 아래 벤치 옆으로 휠체어를 세우자마
자 그는 화를 참지 못하고 역정을 냈다. 혜주에게 왜 자신의
말을 듣지 않느냐고, 너는 고집이 세고 남의 말을 귀담아듣
지 않는다고 하다가, 내가 알지도 못하는 그들 사이의 옛날
일들까지 꺼냈다. 그리고 조급하게 다른 곳으로 갈 것을 주
문했다. 혜주는 말없이 이마에 배어 있는 땀을 손등으로 꾹
꾹 눌러 닦으며 무섭게 뙤약볕이 내리쬐는 공원 쪽을 지그
시 바라보았다. 그것은 참 이상한 장면이었는데, 누가 봐도
그곳이 볕을 피할 수 있는 적당한 곳이었기 때문이었다. 하
지만 그는 계속해서 고집을 피웠다.

"장례식장 때문이야."

나중에 늦은 밤 통화를 하며 혜주가 설명해주었다. 벤치

에 앉으면 암 센터 건너편에 있는 장례식장이 보였다. 혜주
의 아버지는 그곳을 보기가 싫은 것 같았다. 병원 밥을 싫어
하는 그를 데리고 몰래 근처 국숫집이나 백반집으로 갈 때
가 있었는데, 장례식장을 지나가면 곧장 중문으로 나갈 수
있는 것을, 혜주는 그 길로 다니기 싫다는 아버지 때문에 힘
들게 빙 둘러서 간다고 했다. 문제는 다른 길이 재포장 중이
라는 것이었다. 나는 혼자서 돌부리를 피해 이리저리 휠체
어를 미느라 애를 먹는 혜주를 떠올렸다. 다음에는 남자인
내가 가서 도와주겠다고 하자 혜주는 잠시 딴생각을 하는
모양인지 아무 말이 없었다. 그러다 뜬금없이 이상한 기분
이었다고 했다.

"뭐가."

"그게…… 표현을 못 하겠어. 그때도, 지금도 뭐라고 말을
해야 할지 모르겠어."

한번은 어딘가에 걸려 움직이지 않는 바퀴를 들어 올리느
라 무척 애를 먹었는데, 아버지는 끙끙대는 자신을 말없이
바라보고만 있었다고 했다. 미안해하는 기색도 없이, 우두커
니 구경하는 사람처럼. 혜주는 넋이 나간 것처럼 우둔하게
있는 그를 보니 화가 치밀었다. 날씨는 무더웠고, 성인 남자
가 탄 휠체어를 든다는 것은 생각보다 쉬운 일이 아니었다.
몇 번의 시도 끝에도 돌부리에 박힌 바퀴를 잠깐 들어 올렸

지만, 결국 힘에 부쳐 다시 제자리에 놓을 수밖에 없었다. 혜주는 결국 힘이 다 빠져버린 팔을 주무르며 그 자리에 한참 동안 서 있었다. 식당은커녕, 이대로 돌아가는 일도 막막하기만 했다. 혜주는 자신의 눈높이보다 한참 아래에 있는 아버지를 내려다보며 쏘아붙였다. 애초에 그냥 병원에 있을 것이지, 굳이 나와서 밥을 먹겠다고 한 것부터, 그냥 저 길로 가면 수월하게 갈 수 있는 걸 이 더운 날씨에 굳이 돌아서 가는 이유가 대체 뭐냐고 날카롭게 물었다. 그는 물끄러미 딸의 얼굴을 올려다보았다. 그리고 아무런 감정이 담겨 있지 않은 목소리로 말했다. 친구 둘을 저기서 보냈다. 그래서 그래. 그래서 무섭다. 그리고 힘없이 혜주의 아랫배를 향해 고개를 숙였다. 두피가 보일 정도로 성근 뒤통수가 어느 때보다 작고 순해 보였다.

"기어이 날 힘들게 하는 게 좋은가 봐."

늦은 시간 사람들을 피해 병원의 한구석에서, 혜주가 나지막한 목소리로 속삭였다.

오래전 아내와 이혼한 그는 가족이 혜주밖에 없었다. 그는 담담하게 자신의 상황을 전하면서 혜주에게 내려와달라고 했다. 곧바로 다음 날 혜주는 월차를 써서 내려왔다. 소변줄을 꿈은 채 등산용 지팡이에 의지해 걷는 아버지를 보왔고, 담당 의사를 만났다. 의사는 앞으로 있을 검사들, 신장의 조직을 조금 떼어 살펴보거나, 췌장과 같이 몸속 깊숙이 있는 장기들을 보기 위해 찍을 사진들을 설명해주었다. 면역 체계가 망가지는 바람에 다리 쪽에 있는 혈관들이 대부분 막혀버렸고, 염증이 복부 쪽으로 올라와 장기까지 손상되면 문제가 더 복잡해진다고 했다. 희귀성 질환. 의사는 그렇게 말했다. 병명도 생소한 것이었고 무엇 때문에 이런 병에 걸렸는지도 알 수 없었다. 그는 음주와 흡연과는 거리가 멀었고 한 달에 한 번 사람들과 등산을 했다. 차라리 간암이나 췌장암이었으면 좋겠다고 그는 불평하듯 말했다.

"무슨 말이 그래."

혜주는 사과를 깎다가 눈을 치켜떴다.

"억울해서 그런다."

억울해서…… 그는 몸을 돌리며 토라지듯 말했다. 어디가 아픈지 알고 있는 게 낫지. 모르니까 더 억울하다. 이날 이때까지 열심히 살아온 죄밖에 없는데 그게 다 무슨 소용이냐. 억울하다. 억울해 미치겠다…… 그는 침대 모서리에 바짝 붙어서 몸을 둥글게 말았다.

우리는 중학교와 고등학교를 같이 다닌 동네 친구였다. 중학교 때는 내가 혜주에게 좋아한다고 고백한 적이 있었고, 고등학교 때는 아무것도 아닌 걸로 다시는 안 볼 것처럼 크게 싸웠다. 그 일을 계기로 서로 데면데면하게 굴다 졸업하기 전에서야 다시금 말을 섞었다. 하지만 혜주가 서울로 가버리면서 사이가 예전 같지 않았다. 혜주는 학창 시절 내내 이곳을 벗어나고 싶어 했으므로, 그렇게 떠나버리는 게 딱히 섭섭하진 않았다. 혜주를 좋아했던 감정도 희미해져버린 지 오래였다.

"받네?"

혜주는 내가 전화를 받자마자 웃으며 말했다. 뭐야, 네가 전화해놓고. 진짜 받을 줄은 몰랐지. 우리는 실없는 말을 나누다가 다시 예전처럼, 서로가 친했던 아주 오래전 그때처럼 굴기 시작했다. 나는 아무리 시간이 흘렀어도 아무 일 없다는 듯이 자연스럽게 이야기를 나눌 수 있는 게 신기하기도 했고, 또 조금은 어린 시절로 돌아간 것 같아 즐겁기도 했다. 서로의 안부를 묻고, 농담을 나누다 혜주는 다른 친구들의 근황을 물었다.

"현석이는 전근 갔고, 성주는 다른 지방에서 살아. 혜연이는 아예 이민 갔어."

그렇구나. 혜주는 담담하게 말했다.

"결국 너밖에 없네."

나는 나밖에 없다는 말이 무슨 뜻인지 조금 의아한 마음이 들었지만, 더는 할 말이 없어, 그래, 나밖에 없지, 하고 덤덤하게 혜주의 말을 따라 했다.

그 후 나는 혜주의 부탁으로 퇴근 후에 종종 병원을 찾았다. 종일 병원에 있어야 하는 혜주를 위해 책이나 잡지를 빌려주거나 환자의 속옷을 건네주는 일을 도맡아 했다. 혜주는 목에 보호자 등록 카드를 건 채 기름진 머리로 병동 이곳저곳을 다녔다. 어떤 날은 가까이 다가가면 따뜻하다고 해야 할까. 또렷하게 혜주의 기운을 느끼거나 냄새를 맡을 수있었다. 좀 씻고 다녀. 내 타박에도 혜주는 아무렇지 않은 목소리로 씻을 만한 데가 없다고 대답했다.

"정말이야. 씻을 곳이 없어."

환자들을 씻길 수 있는 욕실은 있지만, 간병하는 사람들이 쓸 수 있는 욕실은 없었다. 혜주는 화장실 세면대에서 대충 얼굴을 씻고, 이를 닦고, 어떤 날은 몰래 머리를 감는다고 했다. 혜주는 낄낄거리며 내 쪽으로 더 정수리를 가까이 댔다. 나는 깜짝 놀라 한 걸음 뒤로 물러섰다. 그 모습에 혜주는 웃음을 터뜨렸다.

"아, 오랜만에 웃으니까 좋다."

혜주는 햇빛을 받지 못해 유령처럼 허옇게 일어난 얼굴로 말했다. 피곤했는지 입술이 조금 찢어져 피가 굳어 있었다.

"햇빛도 좀 보고, 밥도 잘 챙겨 먹어."

걱정하는 내 말에 혜주는 고마워, 정말 너밖에 없네, 하고 내 어깨를 툭 치며 희미하게 웃었다.

어떤 밤에는 잠이 오지 않는다며 혜주가 전화를 걸어올 때도 있었다. 낮에는 혜주나 나나 정신없이 바빴고, 저녁에는 퇴근하고 내가 여유로웠지만, 혜주는 그때까지도 아버지를 돌보느라 시간이 없었다. 우리가 전화를 할 때는 대개 아주 늦은 밤이었고, 새벽까지 통화가 이어질 때도 있었다. 혜주는 주로 아버지에 관한 답답함을 털어놓았다. 걸핏하면 화를 내는 점이나, 자신밖에 모르는 성격, 사소한 생활 습관 같은 것들이었다. 실제로 혜주의 아버지는 좋은 사람과는 거리가 멀었다. 오래전 이혼을 한 이유도 폭력적인 성향 때문이어서, 친척들도 그를 '쓰레기' 취급한다는 게 혜주의 설명이었다. 처음에는 흥미롭게 들었지만, 그 후로도 똑같은 이야기를 여러 번 반복해서 나중에는 다음에 무슨 말을 할지 알 정도였다. 하지만 나는 말없이, 묵묵히 혜주의 말을 들어주었다. 늦은 밤 누군가의 내밀한 이야기를 듣는 게 어쩐지 싫지 않았고, 그리고 그런 이야기를 듣다 보면…… 정말 혜주의 이야기를 들어줄 사람이 이 세상에 '나밖에' 없다는 걸 실감할 수 있었다. 한 사람이 유일하게 의지할 수 있는

사람이 된다는 것…… 그 일이 나를 좋은 사람으로 만들어
주는 것 같았고, 할 수 있다면 조금이나마 그런 사람이 되고
싶은 마음이었다.

검사 결과 혜주의 아버지는 다행히 장기까지 염증이 번지
지는 않았지만, 혈전이 생겨 자꾸만 열이 나고 다리가 부었
다. 스테로이드제를 복용하고 방사선 치료를 시작했다. 매
일매일 소변의 양을 기록해야 해서 혜주가 직접 소변 통으
로 그의 오줌을 받았다. 혜주는 손에 오줌이 튀어도 아무렇
지 않다고 했다.

"그런 건 정말 아무렇지도 않아."

혜주는 멍한 얼굴로 중얼거렸다. 정작 힘든 건 다른 것들
이야.

그는 검진하러 내려온 햇병아리 레지던트들이나 간호사
들에게 함부로 대하기 시작했다. 왜 아직도 그대로입니까.
내가 한가한 사람인 줄 압니까. 언제까지 이러고 있어야 합
니까. 이게 다 실력 없는 당신들 탓 아닙니까. 갓 학교를 졸
업하고 사회생활을 시작한 어린 사람들이 그의 앞에서 얼굴
이 벌게진 채로 돌아선다고 했다.

"그러지 마요."

혜주는 그 사람들처럼 붉어진 얼굴로 말했다.

"제발 그러지 마요."

그는 못 들은 척 아침 드라마와 뉴스 채널을 번갈아가며 돌렸다.

"못됐다."

"맞아, 못됐어."

혜주는 내가 건네는 커피를 받았다. 하지만 손에만 쥐고 마시진 않았다. 나는 언젠가 그가 공무원 시험을 두 번이나 떨어지고 조그만 사무실에 다니는 내 처지에 대해 한심하다고 한 일이 떠올랐다. 본래도 온순한 성격이 아닌데, 입원 생활이 길어지면서 자꾸만 별것 아닌 일로 왈칵 짜증을 내고 주변 사람들을 괴롭히는 것 같았다. 자꾸만 소란을 일으키는 바람에 주변 환자들도 그를 싫어한다고 했다. 6인실 끝에 있는 입원한 노인이 그를 피해 복도로 침대를 옮겨달라고 한 일도 있었다. 사람들이 지나다니는 복도로 자리를 옮겨 덩그러니 누워 있는 노인을 향해 간호사들이 어르신, 들어가셔야 해요, 하고 말을 걸었지만 노인은 천장을 보면서, 여기가 편해, 하고 손사래를 쳤다. 여기가 시원해. 노인은 항상 혜주의 아버지가 소란을 피울 때마다 침대에 기대어 앉아 물끄러미 바라봤었다. 앉은키가 제법 컸지만 까맣게 마르고 호흡줄을 끼고 있는 사람이었다. 그런 사람이 겁먹은 얼굴로 수액 걸이를 짚고 지나가는 혜주의 아버지를 보며 더위 때문이라고 말했을 때, 혜주는 부끄러워 죽고 싶었다고 했다.

"그날 밤엔 말이야. 화가 나 미치는 줄 알았어."

혜주는 자신의 가슴팍에 손을 얹었다. 아버지가 깊은 잠에 빠져 있는 모습을 보며 분을 삭였다고 했다. 가습기로 습도를 맞춰가며, 혹은 자리끼가 필요할까 싶어 물병을 그의 머리맡에 두면서. 오래오래 잠든 아버지를 지켜보면서. 화가 나 미칠 지경이었다고 했다. 이렇게 아버지가 깊은 잠에 빠져 있다는 게 화가 났다. 조금 입을 벌리고, 완전히 무해하다는 얼굴로, 코까지 낮게 골면서, 아무 거리낌 없다는 태도로 잠들어버렸다는 생각에 가슴이 뻐근했다.

"아직도 가슴이 답답해."

오랜만에 본 혜주의 얼굴은 푸석해져 있었고, 눈에도 초점이 없었다. 우리는 처음에 갔던 그 공원을 산책했다. 낮보다는 한결 나았지만, 저녁이었는데도 더운 바람이 불었고, 그런 후덥지근한 바람이 목이나 팔에 닿는 것만으로도 조금은 살 것 같았다. 혜주는 아까부터 말이 없었다. 꽤 오랫동안 공원을 돈 것 같아서 이제는 돌아갈까 싶었지만, 혜주는 병원 입구가 보이면 빠른 걸음으로 그곳을 지나쳤고, 계속해서 영원히 그곳을 돌 것처럼 굴었다. 우리는 저번에 햇볕을 피했던 등나무 아래 벤치에 잠깐 앉았다. 정말 혜주의 말대로 건너편 장례식장의 하얀 간판이 아주 조금 보였다.

"요즘도 산책해?"

"응."

"매일매일?"

"응."

"힘들겠다."

"아니, 좋아."

"좋다고?"

"응, 산책하고 잠깐 여기 앉아서 쉬는 게 낙이야."

혜주는 자신이 앉은 자리를 손으로 문질렀다.

"아버지가 뭐라고 안 해?"

"하지. 여기 있기 싫다고 하지."

혜주는 내 얼굴을 똑바로 보며 말했다.

"그래서 일부러 여기 와."

혜주는 아버지가 싫어하는 것을 알면서도 매일 이곳으로 와서 볕을 피하고 음료수를 마신다고 했다. 처음에는 소리를 지르던 아버지가 요즘은 자포자기했는지 못마땅한 얼굴로 혜주가 이끄는 대로 가만히 내버려둔다고 했다. 어차피 휠체어의 손잡이를 혜주가 쥐고 있는 이상 혜주가 가는 대로 따를 수밖에 없었다. 나는 그가 고분고분 혜주의 옆에 가만히 있다는 게 믿기지 않았다. 하지만 그들 부녀는 나란히

앉은 채 무표정한 얼굴로 한곳을 바라보며 땀을 식힌다고
했다. 나는 아픈 사람에게 그건 좀 가혹한 게 아닐까 싶었지
만, 또 공원에서 볕을 피할 수 있는 곳이 여기밖에 없었으므
로 이곳에 앉아 쉬는 게 마땅하다고 생각했다. 사람들이 지
금 우리의 모습을 힐끗 보고 지나가는 것처럼 혜주와 그의
모습도 이상할 것 없이 자연스럽게 보일 것 같았다. 혜주는
하루 중 그 시간이 제일 편안하다고 했다. 그 시간만큼은 그
도 말을 하지 않고 조용히 있었기 때문이었다.

"어떨 때는 금방이라도 화를 낼 것처럼 찡그리는데, 또 어
떤 날은 슬퍼 보이기도 해."

혜주는 따뜻한 바람이 부는 곳을 향해 허리를 반듯하게
폈다.

"그리고 그런 얼굴을 보는 게…… 조금 좋아."

갑자기 바람이 세게 불어서, 혜주의 머리카락이 혜주의 얼
굴을 덮쳤다. 혜주는 머리칼을 귀에 꽂고 빤히 나를 올려다
보았다. 무슨 말을 기대하는 것 같았다. 하지만 나는 아무 말
도 할 수 없었다. 그저 너무 깊은 혜주의 어떤 부분을 들여다
보는 것 같아서 당황스럽기만 했다. 혜주는 얼굴을 찡그리더
니 모기가 있는 것 같다며 자리에서 일어섰다. 우리는 몇 번
더 공원을 돈 후 병원 입구 근처에서 헤어졌다. 헤어지기 전
혜주는 점점 다가오는 병원 쪽을 바라보며 말했다.

"나 못됐지?"

"그래, 너 못됐다."

그제야 혜주는 평소처럼 소리 내어 웃었다.

나는 혜주가 안됐다고도 생각하다가, 조금 소름이 돋기도
했다. 그러다 그래, 그럴 수 있는 게 아닐까 하고 나도 모르
게 고개를 끄덕였다. 누군가를 미워하는 마음은 자연스럽게
생기는 거니까. 그것이 혜주 나름의 마음을 다스리는 방법
이 아닐까 싶었다. 나는 등나무 벤치 아래 나란히 앉은 그들
을 떠올려보았다. 닮은 얼굴을 하고 말없이 각자 자기만의
생각에 빠진 채 한곳을 바라보는 부녀…… 나는 혜주의 마
음을 헤아려보다가, 그 옆에 있는 혜주의 아버지를 생각했
다. 그리고 자신을 미워하는 혜주의 마음을 느끼면서도 그
는 왜 아무 말이 없을까, 하고 궁금해했다. 어쩌면 그렇게 해
서라도 혜주가 자신의 곁에 있어주기를 바라는 것일지도 몰
랐다. 서로를 버틸 수 있는, 떠나버리지 않을 수 있는 길을
찾은 게 아닌가…… 나는 그런 혜주와 혜주의 아버지를 생
각하다 마음이 착잡해지곤 했다.

혜주의 아버지는 느리게 차도를 보였다. 나아지고 있다.
그것은 어디까지나 의사의 말이었고, 겉보기에는 크게 달라

진 점은 없었다. 어쩌다 가끔 컨디션이 좋은 날에는 나를 앉혀두고 젊었을 적 전자 제품 가게를 세 군데나 운영했던 이야기나 건강했던 시절 정복했던 산들의 이름을 말해주었다. 그리고 부탁하지도 않았건만 퇴원을 하면 내 체력을 단련시켜주겠다며 나를 데리고 강원도에 있는 산에 오르고 싶다고 했다. 그런 말을 할 때 그는 어딘지 들뜬 상태로 희망과 낙관에 가득 차 있었다. 하지만 그러다가도 기운이 떨어지면 금세 풀이 죽었다. 자기 연민에 빠져서 한없이 가라앉았고, 아무것도 먹지 않았다. 몸이 아픈 것보다도 기대와 실망을 자주 오가는 일이 더 힘든 듯했다. 괜히 기대하고 실망하고 다시금 기대하는 일이 반복되면서, 그는 조금씩 야위어갔다. 무엇보다도 혜주가 더 지쳐갔다. 그즈음 혜주는 자주 죽고 싶다는 말을 했다.

"정말 너한테만 하는 말이야."

사람들이 계단 복도에 있는 건지 전화기 너머로 속삭이는 혜주의 목소리가 웅웅 울렸다.

"요즘은 정말 죽고 싶어."

"저번에도 말했잖아."

"응, 그런데 자꾸 그런 마음이 들어."

"그러지 마."

나는 부드럽게 혜주를 말렸다. 그런 말 하지 마.

"알았어. 안 할게."

혜주는 풀이 죽은 채 대답했다.

"대신 아이스크림 사 와."

"아이스크림? 그거면 돼?"

"응."

혜주는 그거면 마음이 좀 나아질 것 같다고 하다가, 다시 생각해도 그런 마음이 사라질 것 같지는 않다고 했다. 그냥 이대로 모든 것을 놓은 채 나가버리고 싶다고 했고, 그런 상상만으로 해방감을 느낀다고 했다. 하지만 얼마 지나지 않아 일어나서 자신을 찾을 아버지를 생각하면 더 괴로울 것 같다고 시무룩해졌다. 하지만 결국 전화를 끊을 무렵엔 한결 기분이 나아진 목소리였다.

"고마워."

혜주는 불쑥 그렇게 말했다. 이런 이야기, 들어줘서 고마워. 그리고 내가 대답할 틈도 없이 이런 말은 해도 되지? 하고 쑥스러운 듯 힘없이 웃었다.

그해 여름의 끝이 다가올 무렵 이른 아침 혜주에게서 전화가 왔다. 처음에 전화를 받았을 때는 혜주의 울음 섞인 목소리와 분명하지 않은 발음 때문에 나는 혜주의 아버지가 돌아가셨다는 말로 알아들었다. 부랴부랴 장례식장으로 가

116

봐야겠다고 생각했지만, 다시 여러 번 혜주의 말을 들은 끝에 그가 사라졌다는 것을 알 수 있었다.

"몰라. 어디 갔는지 모르겠어. 다 찾아봤는데 없어."

혜주가 잠깐 화장실을 다녀온 사이 그는 감쪽같이 사라졌다. 나는 그길로 택시를 잡아 병원으로 향했다. 그리고 혜주와 만나 병원 곳곳을 살펴보기 시작했다. 침대 위에는 정돈되지 않은 이불이 그대로 있어 그가 빠져나간 자리가 마치 작은 동굴 같았다. 손을 넣어 만져보았을 때 미적지근하게 온기가 남아 있었다. 병원 복도에 세워진 휠체어는 그대로였고, 등산용 지팡이도 침대 옆 탁자에 기댄 채 그대로 놓여 있었다. 그의 휴대폰으로 전화를 걸어 벨소리가 울리는 쪽으로 따라 가보니 그의 머리에 눌려 납작해진 베개 아래에 놓여 있을 뿐이었다. 지갑, 자동차 열쇠는 탁자 아래 서랍에 넣고 열쇠로 잠가두었다고 했다. 열쇠가 혜주에게 있었으므로 그가 그것들을 꺼낼 수는 없었다. 혜주와 나는 층을 나눠서 살펴보다 일일이 지나가는 사람들을 붙잡고 물어보기도 했고 다른 동으로 건너가 찾아보기도 했다. 병원 측에서도 담당 환자가 사라졌다는 사실에, 특히 그는 고위험 환자로 분류되었으므로, 미아를 찾는 것처럼 여러 번 안내 방송을 했다.

하지만 그는 어디에도 없었다. 병원의 주차장과 공원, 흡

연 부스까지 살폈지만 찾을 수 없었다. 평소 그를 담당하던 교수가 경찰을 부르자고 해서 경찰차 두 대가 병원으로 와 주었지만 역시나 그를 찾을 수 없었다. 해가 머리 위로 넘어 가고 있었다. 나는 땀을 뚝뚝 흘리면서 초조한 마음이 되어 갔다. 그동안 그의 행동들이 떠올랐고, 더운 날 이렇게까지 많은 사람을 힘들게 하는 그를 이해할 수 없었다. 특히 혜주 가 지쳐 보였다. 혜주는 어느 순간부터 내가 말을 건네도 대 답하지 않았다. 눈물이 말라붙은 얼굴로 초점 없이 허공을 바라보고 있었다. 얼이 빠진 사람 같았다.

어느 순간부터 혜주는 참지 못하고 날선 말들을 내뱉기 시작했다. 아무리 아픈 사람이라지만, 이건 대체…… 대체 왜 이렇게까지 사람들을 힘들게 하는 거야. 무슨 권리로. 대 체 무슨 권리로. 그는 이기적인 사람이다. 그는 사람들에게 상처를 주고도 무감한 사람이다. 평생 자기가 옳다고 확신 하고 그것을 한 번도 의심해본 적이 없는 사람이었다. 하나 밖에 없는 자식이 옆에서 바짝바짝 말라가는 것을 보면서 도 그것을 미안해하거나 고마워하지 않았다. 하물며 기린이 나 여우 같은 짐승도 죽을 때는 무리에서 이탈해 홀로 마지 막을 맞이한다는 이야기도 있는데…… 이럴 거면 차라리 애 초에 아무도 모르는 곳에 가서 죽든가. 정말 그래 버리든가. 분에 찬 혜주의 목소리에 지나가는 사람들이 멈춰 서서 바라보았다. 혜주는 자신의 이야기를 멈출 생각이 없어 보였다. 옆에서 듣는 나조차도 놀랄 만큼 의심스러운 말들이었다. 한참 후 나는 조심스럽게 혜주를 말렸다.

"그러지 마."

혜주가 입을 꾹 다문 채 나를 보았다. 대체 왜 그런 말을 해.

내 말에 혜주는 천천히 얼굴을 일그러뜨렸다. 지치고…… 창피한 사람처럼 보였다.

"네가 뭘 알아."

혜주는 울음 섞인 목소리로 그렇게 말했다.

"네가……"

그녀는 원망스러운 눈으로 나를 보다가 등지고 선 채 두 손바닥으로 눈언저리를 꾹 눌렀다.

"뭘 알고 있는데."

나는 아무 말 없이 혜주가 울음을 그칠 때까지 혜주의 옆에 서 있었다.

해가 질 무렵이 되어서야 그는 몹시 더러워진 모습으로 나타났다. 환자복 차림으로 어디를 그렇게 다녔던 건지 바짓단이 시커멓게 변해 있었다. 어디를 갔었느냐는 말에 그는 잘못을 저지른 아이처럼 잔뜩 주눅이 든 모습으로 답답해서…… 그냥 바람을 쐬려고…… 같은 두서없는 말들을 했다. 혜주는 더는 묻지 않았다. 혜주는 무릎을 꿇고 그가 신고 있던 슬리퍼를 벗기면서 그의 발에 난 상처를 조심스럽게 살펴보았다. 소독약을 빌려와 꼼꼼히 발라주고는 새 이불을 꺼내 그의 턱밑까지 덮어주었다. 그리고 다시 원래 있었던 자리로, 침대 옆 작은 플라스틱 의자에 앉았다. 혜주는 그가 잠들 때까지 계속해서 지켜보았다. 이따금 손을 뻗어 그의 이마에 열이 나는지 확인하거나 잠이 든 그의 손을 꼭 쥔 채 오랫동안 만지작거렸다.

혜주와 나는 아무 일 없었던 것처럼 이따금 만나 밥을 먹고 산책을 했다. 하지만 무언가 예전과 같지는 않았다. 혜주는 이제 필요한 것들이 없다고 했다. 친해진 간호사를 통해 병원 안에 있는 작은 도서관에서 보고 싶었던 책을 빌려보기 시작했다. 부득이하게 새 속옷이나 양말이 필요할 때도 있었는데, 편의점에 가보니 사이즈나 색깔별로 팔고 있더라고 웃으면서 말했다. 병원 생활이 익숙해지면서 주변에 아는 사람들이 많아졌고, 그때그때 작은 도움을 받거나 주면서 지낸다고 했다. 언젠가, 아이스크림이 먹고 싶다는 혜주의 말이 생각나 커다란 통에 여러 가지 맛이 담긴 아이스크림을 사서 지나가는 길에 들른 적이 있었다. 혜주는 반갑게 나를 맞았다. 병원의 풍경은 크게 달라진 것이 없었다. 그와 함께 병실을 쓰던 사람들이 몇 명 바뀌었지만, 전체적인 분위기나 냄새, 창문을 통해 들어오는 햇빛 같은 것들이 크게 변하지 않았다. 혜주의 아버지는 나를 보고 반갑게 손을 흔들었지만, 계속되는 방사선 치료 때문인지 기운이 없었고 계속해서 자다 깨기를 반복했다. 혜주는 자기가 아이스크림을 먹고 싶어 했다는 것을 기억하지 못했다. 조그마한 분홍색 플라스틱 숟가락으로 한 입 떠먹고는 이가 시려서 더는 못 먹겠다며 냉장고에 넣어버렸다.

그 후로 나는 혜주를 만나지 못했다. 이따금 밤늦게 걸려 오던 전화도 더는 오지 않았다. 어쩌다 몸을 움직이고 싶은 마음에 산책을 할 때도 있었는데, 병원 앞까지 걸어가본 적은 있었지만 들어가진 않았고 함께 자주 걷던 그 공원을 오랫동안 돌다가 다시 집으로 돌아왔다. 그렇게 계절이 두 번 바뀐 다음에야 혜주에게서 잘 지내고 있냐는 메시지가 왔다. 혜주는 청소를 하다 냉장고에서 내가 사다 준 아이스크림을 발견했다고 했다. 겉에 성에가 끼어서 꺼내두었다가 뚜껑을 열어보니 그대로였다고 했다. 조심스레 떠먹어보았는데 향이 희미해졌지만 놀랍도록 단맛이 그대로 남아 있었다.

—신기하지.

혜주의 메시지에 나는, 그러게 신기하다,라고 답장을 보내려다 말고 답문을 모두 지워버렸다. 혜주는 내가 메시지를 읽은 것을 알고 있을 터였고, 나는 가능한 한, 아주 오래오래 혜주가 내 답장을 기다리기를 바랐다.

계절은 계속해서 변했다. 나는 새로운 곳으로 이직해 다른 광역시에서 살고 있다. 새로운 사람을 만나거나 새로운 장소에 가면서, 대부분 예전의 기억을 까맣게 잊고 지냈다. 거기에는 혜주에 대한 기억도 있었다. 그러다 올해 코로나 바이러스가 퍼지면서 혼자 있는 시간이 많아졌다. 나는 재택근무를 하며 컴퓨터를 켜둔 채 대부분 인터넷 서핑을 하며 보냈다. 증상이나, 내 주변 확진자들의 동선을 찾아보기도 하고 세계 곳곳에서 벌어지는 아비규환을 편안하게 내 방에서 보았다. 그리고 집단 감염이 일어난 내가 살던 지역에 대한 뉴스를 읽었다. 인터넷 기사에 한때 나와 혜주가 매일 같이 걸었던 텅 빈 거리 사진이 있었다. 도시 봉쇄령이나 병상 부족, 병원 전면 출입금지 같은 무서운 말을 보고 잠시 혜주와 혜주의 아버지를 떠올렸다. 나는 일어나 손을 씻고, 차가운 물을 한 잔 마신 다음 혜주의 연락처를 찾아 전화를 걸었다. 잠시 후 신호음이 울렸지만, 나는 곧 전화를 끊어버렸다. 혜주는 여전히 그곳 등나무 아래 벤치에 앉아 있는 것 같았다.

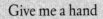
Give me a hand

그녀의 아들이 뉴욕을 선택한 데는 별다른 이유가 없다. 사실, 그곳이 어디든 상관없었으리라. 조지아의 한적한 숲속에서 새소리를 들으며 지낼 수도 있었고, 프랑스 교외의 시골에서 작은 파티오에 앉아 와인을 마시며 밤을 보낼 수도 있었다. 아니면 볼리비아 우유니 사막으로 가 끝없이 하늘과 맞닿은 새하얀 호수 한가운데 서보았을 수도…… 무엇이 되었든 그 애에겐 좀 외로워질 시간이 필요했을 뿐이었다.

그는 자해를 시도하다 함께 방을 쓰는 자메이카 사람에게 들켜 체포됐다. 심각한 정도는 아니었고, 피를 흘리거나 다른 누군가를 다치게 하진 않았지만, 자신의 안전이 위협받는다는 이유로 룸메이트가 신고를 하는 바람에 구금되었다.

"삭막한 곳은 아니에요."

아들은 모든 것이 괜찮다고 했다. 그냥 지저분하고 작은
방에 창이 하나 있어서 사람들이 혼자 앉아 있는 자신을 지
켜볼 수 있다고 했다. 그리고 그곳에 있는 변기에 앉아 볼일
까지 봤다. 그 소리를 들었을 때 그녀는 너무 놀라 숨조차
제대로 쉬지 못했다. 아들은 그녀가 숨을 들이켜는 소리를
들었는지 작게 한숨을 쉬었다.

"괜찮다니까요. 어쩌다 가끔이에요. 누군가 항상 절 지켜
보진 않아요."

그녀는 급히 미국으로 오느라 관광 목적의 이스타 비자로
올 수밖에 없었고, 이러한 신분으로는 면회조차 쉬운 일이
아니었다. 오히려 국가 방문에 관한 목적을 속인 것으로 보
여 불리해질 수도 있었다. 만나본 한인 변호사는 애초에 이
일은 하나의 오해일 뿐이라며 그녀를 안심시켰다.

"다른 누구도 아닌, 자기 자신을 해치려고 했을 뿐이잖아
요. 그렇죠?"

그는 그 말을 하며 웃었다. 그녀는 그를 따라 웃어야 할지
망설였다. 하지만 마지못해 고개를 끄덕였다. 뒤에서 누군
가가 억지로 머리를 누르는 것처럼, 유난히 고개가 무겁다

고 생각했다. 사무실에서 나와 숙소에 도착할 때까지 여전히 목덜미가 뻐근하고 아팠다. 그녀는 양말을 벗고, 허리를 벽에 대고 반듯이 앉아 목을 곧게 펴보려고 노력하며 생각했다. 그래…… 그 사람의 말이 맞지. 인정하기 싫지만, 그게 사실이니까. 그리고 그건…… 법적으로 처벌 받을 만한 죄는 아니니까. 그래서 그는 자신을 안심시키기 위해 웃었을 것이다. 그녀는 굳어 있는 목을 주무르며 좋은 쪽으로 해석하려고 안간힘을 썼다. 긍정적으로 생각하자. 그편이 훨씬 도움이 된다. 자신이 할 수 있는 것은 모든 일이 좋은 쪽으로 흘러가도록 바라고, 또 바라는 수밖에. 그녀는 한결 부드러워진 근육을 느끼며 발가락을 꼼지락거려보았다. 다행히 추방이나 교도소행 같은 심각한 상황으로 치닫진 않을 것이라고 하니, 느려터진 이곳의 일 처리를 믿고 기다려볼 수밖에 없었다.

그녀는 관광객처럼 주변을 구경하며 지냈다. 기다리는 것 외에 딱히 할 일이 없기도 했고, 아들이 모처럼 온 곳이니까 마음 놓고 여기저기 구경하면서 지내라고 했던 말을 기억했기 때문이었다. 한결 밝은 목소리로 잘 지낸다고 말하는 것도 안심이 되었다. 이제는 감시관과 친구처럼 가벼운 농담도 주고받을 정도로 그곳의 분위기가 유해진 것 같았다. 그는 그녀에게 자신이 가보았던 여러 장소를 추천해주었다.

그녀는 그의 말을 따라 볕이 좋은 시간에 센트럴 파크를 산책하거나, 아침 일찍부터 저녁까지 휘트니 미술관에서 그림을 감상하기도, 록펠러 센터에 올라가 오랫동안 기다린 끝에 도시의 일몰과 야경을 마주하기도 했다. 하지만 대개 늦은 밤까지 숙소에서 잠을 이루지 못한 채 뜬눈으로 밤을 새웠다. 세차게 부는 바람과 덜컹거리는 낡은 창문, 좀처럼 끊이지 않는, 저 멀리까지 이어지는 사이렌 소리…… 그녀는 어둠 속에서 가만히 자신의 심장 소리에 귀 기울였다. 시간이 흐른 후 더는 아무 소리도 들리지 않았지만, 꽤 긴 시간 동안 쉽게 눈을 감을 수 없었다. 얼마 후 그녀는 전염병으로 인한 도시 봉쇄령 때문에 한동안 외출조차 할 수 없는 처지가 되기도 했다.

아들을 만나는 일이 이런 식으로 늦춰질 줄은 몰랐다. 최대 감금일인 5일을 훌쩍 넘었건만 특수한 상황이라는 답변만 돌아왔다. 그녀는 마트에서 파는 차가운 샌드위치를 씹으며 아들에 대해 생각했다. 그래, 어렸을 때부터 좀 소심한 아이였지. 복잡한 서울 생활을 싫어했고, 한 직장에 오래 있지도 못했다. 늘 무표정하거나 지친 얼굴이었고, 드물게 웃을 때도 상대방을 보고 기계적으로 따라 웃는 것 같았다. 그 애는 언제나 사람들과 자신을 둘러싼 모든 것으로부터 떠나고 싶어 했다. 몸은 이곳에 있지만, 마음은 분명 다른 어딘가에 있다는 것을 느낄 수 있었다. 그래서 그녀는 아들이 여기저기로 떠나는 것을 막지 못했다. 그런 방식이 그를 조금이라도 편안하게 만들어준다면 그것으로 충분하다고 생각했다. 모아둔 돈을 여행 경비로 다 써버리고, 자신에게서 돈을 빌려 또 다른 곳으로 떠나는 아들을 보면서도 아무 말도 하지 않았다. 오랜만에 볼 때마다 피부가 많이 상해 있었지만 표정만은 한결 편안해 보였다. 아들은 밥을 먹으며 이번엔 다른 곳으로 가볼 생각이라 말했다. 그리고 기대에 찬 목소리로 그곳 날씨나 사람들, 문화와 관련된 이야기를 하곤 했다. 그녀의 눈에는 그 모습이 어딘지 좀 필사적으로 보였다. 자신이 속할 수 있는 곳, 마침내 자신의 마음을 둘 수 있는 곳…… 그 애는 그런 곳을 찾고 있었다. 그녀는 웃으며 고개를 끄덕였다. 그저 그 애가 행복하기만을 바랐다. 매일매일 조금 더 나은, 미세하지만 조금 더 근사한 방향으로 가기를. 그리고 마침내 그런 세계가 그를 기다리고 있기를 바랄 뿐이었다.

"내일부터 뉴저지 쪽에서 락다운이 해제될 모양이야."

오래 기다린 끝에 닿은 연락에서 아들은 쾌활한 목소리로 잘됐다고만 했다. 이제 저도 나갈 수 있을 것 같아요. 그녀도 담당 변호사로부터 소식을 들은 후였다. 그래, 정말이지 다행이야. 더 이상 가보고 싶은 곳은 없었지만, 기분 전환 삼아 밖으로 나가 외식을 하고 차를 마셔도 괜찮을 것 같았다.

그녀는 늦은 오후에 열차를 탔다. 간만의 외출이라 잘못된 역으로 들어갔지만, 다시 밖으로 나와 맞은편 건물 아래 있는 역으로 들어가 올바른 방향으로 가는 열차를 탈 수 있었다. 이곳에서 세 정거장을 간 후, 다시 열차를 갈아타야 했다. 그녀는 문 가까이에 서서 창에 비친 자신을 마주 보았다. 이제 이곳에 머무르는 일도 끝이었다. 며칠 후면 아들과 함께 돌아가거나, 그가 원한다면 계속해서 이곳에 머물게 할 수도 있었다. 아니면 이번에는 제삼세계로 떠나고 싶다고 할지도 몰랐다. 과연 나는 그 애를 말릴 수 있을까. 그녀는 천천히 이마를 짚었다. 오래전 봉쇄령이나 바이러스조차 없었던 시기에 그 애가 들려준 이야기가 떠올랐다.

갓 이곳에 지내기 시작했을 때 그는 두 시간 넘게 열차를 타고 코니아일랜드로 갔다고 했다. 미국의 해변이 어떤 것인지 보고 싶었지만, 광활하게 긴 해안선이 생각과 크게 다르지 않았다고. 그는 호기롭게 윗옷을 벗고 바다에 뛰어들었다. 평일 대낮의 해변에는 몇몇 여자들이 비키니를 입고 피부를 태우거나 아이들을 데리고 온 부부만 있을 뿐이었다. 그는 점점 더 멀리 헤엄쳤다. 그는 앞으로의 날들을 기대했을 것이다. 낙관과 희망. 드디어 마침내 이곳이라는 생각. 그가 뻗은 손 앞에, 바로 앞에 있는 것만 같은 무언가. 잠시 후 그는 멀지 않은 곳에서 자신을 구경하는 한 가족을 보았다. 그들은 돗자리에 앉아 수영하는 그를 빤히 지켜보았다. 그가 이쪽을 보고 있다는 것을 아는데도 그들 가족은 시선을 거두지 않았다. 오히려 기분 나빠하는 그의 태도를 더욱 재밌어하는 눈치였다. 햇빛에 붉게 익은 얼굴이 넷 다 엇비슷하게 보였다. 그는 그들을 의식하며 아주 멀리 헤엄쳐 나갔다. 예상보다 꽤 멀리까지 가서, 이쯤이면 그들이 더 이상 자신을 쳐다보지 않을 거라고 생각했다. 어쩌면 이미 다른 곳으로 떠났을지도 몰랐다. 하지만 뒤돌아보았을 때 아이들의 아버지가 손차양을 만든 채 그를 지켜보고 있었다. 그가 이쪽을 보고 있다는 것을 깨닫자, 아이들의 아버지가 옆에 있는 이에게 휘파람을 불었다. 그러자 다른 사람들도 일제히 멀리 있는 그를 보았고, 웃음을 터뜨렸다.

그 눈빛들을 잊을 수 없다는 그의 말에 그녀는 괜한 자격지심이라고 말했다. 너에게는 시간이 필요한 것뿐이야. 영어가 능숙하지 않고, 이제 막 지내기 시작했잖아. 그녀의 말에 그는 잠깐 아무런 말이 없었다. 네, 저도 그렇게 생각해요. 다시 평소처럼 돌아온 아들의 목소리에 그녀는 안심했다. 그래, 시간이 필요한 일이야. 그녀는 자신이 한 말을 똑똑히 기억하고 있었다. 하지만 과연 얼마만큼의 시간이 필요한 일일까. 결국…… 그 애가 이곳에 마음을 둘 수 있었을까. 애초에 그런 세계가 있긴 한 걸까…… 그녀는 아직도 아들이 왜 자기 자신을 해치고 싶어 했는지 묻지 못했다.

그녀는 열차에서 나와 멀리 떨어진 다른 플랫폼으로 걸어 갔다. 그리고 그곳에서 환승할 다른 열차를 기다렸다. 기다리는 동안 주위에 점점 사람들이 많아졌다. 다행히 선로 가까이에 있었기에 열차가 왔을 때 운 좋게 바로 빈자리를 발견할 수 있었다. 하지만 자리에 앉자마자 누군가가 조금 전까지 있었던 탓인지 미적지근한 온도가 감돌았다. 가뜩이나 더운 날씨 탓에 불쾌했지만 자리에 앉은 것만으로도 만족해야 했다. 오랜 시간을 가야 했기에 그녀는 자세를 고쳐 앉았다. 그녀가 몸을 조금 뒤척이자, 바로 옆자리에 있던 노인이 자리에서 벌떡 일어났다. 주황빛에 가까운 머리카락을 가진 거구의 여자였다. 한눈에 봐도 건강이 좋지 않아 보였고, 큰 몸집 때문에 거동이 불편해 보였다. 마스크를 쓴 채 양손에 라텍스 장갑을 끼고 있는 여자는 지팡이를 짚고 멀리 떨어진 빈 좌석으로 천천히 걸어갔다. 걸음을 옮길 때마다 가래가 끓는 것 같은 거친 숨소리가 났고, 주변에 있는 사람들이 노인을 위해 길을 비켜주었다. 한참 후 자리에 앉아 거친 숨을 정리하고 다시 무심한 얼굴로 휴대전화를 꺼내 확인할 때까지, 사람들은 그 사람이 아닌 그녀를 빤히 쳐다보았다. 마치 그녀가 잘못했다는 듯 얼굴을 찌푸리는 사람도 있었다. 어쩐지 얼굴이 뜨거워진 것 같다는 느낌을 떨칠 수가 없었다. 열차가 가는 내내 그녀는 고개를 숙인 채 자신의 발치를 내려다보았다. 꽤 오랫동안 그녀의 옆자리에는 아무도 앉지 않았다.

출구에서 나오자마자 쏟아지는 인파에 그녀는 정신을 차릴 수 없었다. 시위가 한창이었다. 얼마 전부터 이곳에선 조지 플로이드를 기리는 시위가 퍼져가고 있었다. 저녁이 되었지만 여름의 초입이라 해가 길어져 저 멀리 마천루 위로 구름이 붉게 타오르는 것처럼 보였다. 그녀는 사람들을 피해 가까운 가게를 찾았다. 날씨가 덥고 오랫동안 열차에 갇혀 있었기에 목이 말랐다. 그녀는 곧바로 눈에 보이는 작은 식료품점으로 들어갔다. 가게 안에는 진열대가 모조리 쓰러진 채 물건들이 바닥에 나뒹굴고 있었다. 주인으로 보이는 남자가 엉망진창인 물건들 사이에서 멍하니 서 있었다. 그녀와 눈이 마주쳤는데도 아무런 말도 건네지 않았고, 표정의 변화가 없었다. 당황스러운 마음에 들어가지도 나가지도 못하는 사이, 가게 안에서 불쑥 까무잡잡한 피부의 소년이 튀어나왔다. 소년은 양손에 트위즐러 젤리와 작은 레이

즈 칩 한 봉지를 움켜쥐고 있었다. 안 돼. 그녀는 자신도 모르게 아이 앞을 막아섰다. 아이는 험악하게 얼굴을 찌푸리더니 욕설을 내뱉고는 있는 힘껏 그녀를 밀었다. 그녀는 중심을 잃고 비틀거렸다. 갑자기 급소를 맞아 숨을 쉴 수 없었다. 그녀는 몸을 바로잡지 못하고 휘청거리다가, 간신히 가게 밖으로 나갔다. 잠시 기댈 곳을 찾아 손을 뻗었지만 아무것도 잡히지 않았다. 게다가 갑작스러운 충격에 눈앞이 보이지 않았다. 그녀는 흐릿한 시야 속에서 지나가는 사람들과 계속해서 어깨를 부딪혔다. 정신을 차렸을 때는 근처에 있는 가로수를 붙잡고 허리를 숙인 채 숨을 몰아쉬고 있었다. 그 순간 어디선가 박수 소리가 울려 퍼졌다. 그녀는 어지럼증을 느끼면서 힘겹게 고개를 들었다. 주변 건물의 열린 창문 사이로 수십 수백 명의 손이 보였다. 오후 7시가 된 모양이었다. 전염병으로 인한 봉쇄령 이후로 이곳의 사람들은 이 시간이 되면 의료진을 향해 응원과 지지, 감사의 박수를 치는 운동을 했다. 자신들의 안전을 위해서, 최전선에 있는 누군가를 향해. 그래, 그들은 손뼉을 치면서 자신들이 더 나은 세상을 만들어가고 있다고 생각할 것이다. 그리고 그것은 어느 정도 사실이기도 했다. 하지만 그녀는 어쩐지 서글픈 마음으로 창밖으로 내민 여러 색깔의 손들을 멍하니 바라보았다. 그녀는 지금 여느 때보다 간절히 바라고 있었다. 매일매일 조금 더 나은, 미세하지만 조금 더 근사한 방향으로 가기를. 그리고 마침내 그런 세계가 기다리고 있기를. 고개를 젖힌 채 멍하니 하늘을 올려다보는 그녀의 얼굴 위로 거대한 새털구름이 눈으로 좇을 수 없을 만큼 천천히, 아주 천천히 그녀가 알 수 없는 곳을 향해 지나가고 있었다.

남겨진 사람들

천장을 바라보던 유진은 여행을 가고 싶다고 했다. 여행?
재우는 무릎 위에 누운 그녀의 머리를 쓰다듬다 멈췄다. 저
녁을 먹고 나른해져서 소파에 멍하게 앉아 있던 차였다. 그
즈음 날이 추워지면서 저녁마다 가던 산책도 가지 않고 집
에서 시간을 보낼 때가 많았다. 영화를 보거나 책도 읽지 않
고 서로의 몸에 기댄 채 이런저런 이야기를 나누거나, 누워
서 말없이 서로를 오랫동안 껴안고 있기도 했다. 아무도 말
하진 않았지만 유진과 재우, 둘 다 퇴근 시간이 다가오면 조
바심이 들 만큼 그 시간을 좋아했다. 재우는 고개를 돌려 창
밖을 보았다. 바람 때문에 그들이 사는 다세대 빌라 앞에 있
는 양버즘나무 가지가 흔들리고 있었다. 소원이야. 유진이

말했다. 늘 한 번쯤 혼자서 여행을 가고 싶었어. 아주 오랫동안 그것에 대해 생각했고, 살면서 꼭 해보고 싶은 일 중 하나라고 말했다.

"몰랐어?"

"몰랐는데."

그는 고민하는 사람처럼 잠시 창밖을 보더니 그럼 다녀와, 하고 말했다.

"기다리고 있을 테니까 다녀와."

그러고는 다시 천천히 유진의 머리를 쓰다듬었다.

유진은 빠르게 여행 준비를 마쳤다. 떠나는 날 아침 평상시보다 일찍 일어난 재우가 그녀를 터미널에 데려다주었다. 다 챙겼지? 응. 다녀와. 다녀올게. 연락하고. 유진은 대학 시절 유럽 여행을 할 때 썼던 재우의 배낭을 메고 있었다. 등산을 할 수도 있을 것 같다는 그녀의 말에 그는 자신의 아버지에게서 등산 스틱을 빌려오기도 했다. 스위스제래. 좋은 거래. 그는 아버지가 그 말을 꼭 전하라고 했다며 고개를 절레절레 저었다. 그들은 짧게 포옹을 하고 헤어졌다.

오랫동안 잠들었던 것 같은데 아직도 터널을 통과하는 중이었다. 노랗고 답답한 불빛들이 따라오고 있었다. 유진은 머리 위로 손을 뻗어 히터 바람을 줄였다. 강원도의 작은 소

도시들을 경유해서 가는 버스였다. 하루에 다섯 번밖에 다니지 않아서인지 이른 시간인데도 승객들이 있었다. 기사는 휴게소에 정차한 후 정확히 15분 후에 떠난다며 시계를 가리켰다. 전광판에 있는 붉은 숫자들이 깜박였다. 유진은 조급한 마음에 화장실에서 손을 씻은 후 대충 물기를 털어내고 다시 자리에 앉았다. 그것만으로도 많은 시간이 지난 것 같았는데, 고작 4분이 지났을 뿐이었다. 다시 잠들고 싶었지만 오히려 정신은 점점 더 또렷해지는 것 같았다. 그 사이 사람들은 어묵 국물이나 핫바, 호두과자 같은 간식을 사 먹고 버스에 올라탔다. 다음 정착지 그리고 그다음 정착지까지 그녀는 자주 숨을 참았다. 사람들의 더운 숨이 닿는다는 생각만으로도 숨쉬기가 어려웠다. 도착했을 때는 낯선 곳에 도착했다는 사실보다 여기에서 벗어난다는 게 기뻤다. 유진은 빠르게 그곳을 빠져나왔다.

겨울답지 않게 기분 좋은 따뜻한 날씨였다. 정오를 넘어설 무렵이라 머리 위로 해가 높이 떠 있었다. 유진은 기억을 더듬었다. 어디더라. 어디였더라. 많은 것이 변해 있었다. 해안가로 향하는 입구에는 처음 보는 모텔 건물들이 우후죽순으로 세워져 있었다. 그리고 조금 떨어진 곳에 관광객을 대상으로 하는 작은 가게들이 이어졌다. 한 가게 입구에는 만화 캐릭터가 그려진 분홍색 튜브가 매달린 채 천천히 맴을 돌고 있었다. 그 앞에는 작은 평상이 있었다.

　어쩌면 여기였는지도 모르겠어.

　유진은 생각했다. 상주가 다리가 아프고, 목이 마르다며 잠시 쉬어가자던 곳이. 그때도 겨울이었다. 유진은 상주와 함께 물을 한 병 사서 평상에 앉아 나눠 마셨던 기억이 있었다. 그때는 어렸고, 돈이 부족했다. 둘이서 목을 축이는 데 물 한 병이면 충분하다고 생각했다. 하지만 정작 목이 마르다던 상주는 얼마 마시지도 않고 자, 하고 유진에게 물병을 건넸다. 유진은 상주가 입을 대고 마셨던 곳에 서슴없이 입을 대고 마셨다. 그러다 서로의 시선이 마주치자 아무 이유 없이 웃음을 터뜨렸다. 허리가 아파. 숨을 못 쉬겠어. 눈물을 글썽이며 상주가 말했다. 그 여행을 다녀오고 나서 한참 후에 그들은 헤어졌다. 하지만 헤어지고 나서도 종종 만나 함께 시간을 보냈다. 광화문에서 훠궈를 먹었고, 상수에서 커피를 마시기도 했다. 북서울숲을 함께 걷기도 했다. 연인이기 전부터 오랜 친구 사이였으므로, 그게 이상하게 느껴지지 않았다. 하지만 언젠가 유진이 기침을 하자, 상주가 걱정스러운 얼굴로 괜찮아? 하고 묻는 바람에 어색해졌던 적은 있었다. 응, 괜찮아. 그들은 말없이 끓어오르는 음식을 지켜봤다. 뜨거운 김이 피어오르고 있었다. 즉석에서 각종 해산물과 함께 이것저것을 넣고 끓여주는 전골집이었는데, 국물이 부족해서 맛이 없었다. 그들은 다음에는 조금 더 맛있는 것을 먹자고 약속하며 헤어졌었다.

그곳이 맞는지 모르겠어…… 유진은 기억을 더듬어보았다. 아무래도 시간이 많이 지났으니까. 여기 이 가게들도 다들 빛바래고 낡아 보이는 것처럼. 심지어 아직 포장도 뜯지 않았는데 먼지를 뒤집어쓴 장난감도 버젓이 팔고 있지 않은가. 몇몇 가게는 이미 문을 닫아버린 지 오래된 것 같았다. 하지만 알 수 없는 일이었다. 이제 상주는 죽고 없었다.

해안가의 모습은 대부분 그대로였다. 하지만 이전에 없던 데크가 있어서 유진은 그 길을 따라 죽 걸어보기로 했다. 데크 위로 바다를 마주하고 있는 흔들의자에 몇몇 사람들이 앉아 있었다. 운 좋게 그녀도 빈 의자를 찾아 앉을 수 있었다. 평일인데도 제법 사람이 많았다. 어린 연인들, 중년의 여인들. 모두 웃고 떠드느라 바빴다. 유진은 그곳에 잠시 앉아 등대를, 저 멀리 지평선을, 다시 부서지는 파도를 바라보았다. 그러고는 아주 조용히 숨을 쉬었다. 짠 냄새를 맡고, 더 차갑고, 깨끗한 공기를 맡았다. 아주 잠깐 경치를 구경했을 뿐인데 주변 사람들이 바뀌어 있었다. 시간이란 참 이상한 거구나. 유진은 자신의 귀가 얼어서 아주 무감각해진 것을 느꼈다. 어쩐지 둔해진 감각 때문에 모든 게 다 비현실적으로 여겨졌다.

따뜻한 곳에서 몸을 녹이고 싶어서 들어간 카페에도 사람들은 많았다. 온통 새하얗고 층고가 높은 곳이었는데 빵 냄새와 원두 냄새가 끊이지 않는 곳이었다. 처음에는 잠깐 기분이 좋아졌지만, 이내 계속되는 냄새에 속이 메슥거렸다. 아르바이트생이 자리로 직접 커피를 가져다주는 방식으로 운영되는 곳이었다. 3층이나 되는 곳이었고, 자리가 많아 직원들이 수시로 계단을 오르내렸다.

"사람이 많네요."

유진이 커피를 받으며 말했다.

"저희가 아주 힙한 곳이거든요."

남자 직원은 뿌듯한 얼굴로 말했다. 사진 찍기가 좋잖아요. 아, 네…… 유진을 제외하고 대부분의 사람들이 수시로 사진을 찍고 있었다. 사진을 찍지 않는 사람은 오로지 그녀뿐이었다. 하지만 그 말을 듣고도 별로 사진을 찍고 싶지 않았다. 유진은 예약해둔 숙소로 가는 길을 물었다. 해안을 따라 걷다가 빠져나온 이후로는 길이 헷갈리던 참이었다.

"신기하네."

"네?"

"사람들이 거긴 잘 안 가던데."

그는 뭐가 좋은지 실실 웃으면서 너무 오래된 곳이잖아요, 하고 말했다. 여기서 멀리 떨어진 곳이 아닌데도, 그곳은 아무것도 없고, 이 근처가 떠오르는 곳이라고 했다. 그는 차라리 이 근방에 매일매일 파티가 열린다는 게스트하우스로 가는 것이 낫다고 하다가, 물어보지도 않은 맛집들을 줄줄이 이야기하기 시작했다. 하지만 유진이 아무런 대답도 하지 않자 이내 무안한 얼굴로 사라졌다.

"어때?"

"피곤해. 그리고 배가 고파."

유진의 목소리는 지친 데 반해 전화기 너머로 들리는 재우의 목소리는 그렇지 않았다.

"안됐다. 나는 오랜만에 자유를 누리는 중인데."

그는 바빠서 보지 못했던 지난 시즌 야구 경기를 보려고 기다리는 중이라고 했다. 그러고는 오늘 뭘 했느냐고 물었다.

"바다도 보고."

"그리고?"

그리고 막상 한 게 없어 유진은 할 이야기가 없었다. 하지만 왠지 듣는 그가 시시하게 여기지 않았으면 하는 마음이었다.

"아주 힙한 데도 갔어."

유진은 그곳 분위기를 대충 설명해주었다. 막상 그곳에 있을 땐 좋다고 느끼지 않았는데 말하고 나니 꽤 그럴듯한 곳처럼 들렸다.

"좋았겠다."

그는 부러워하며 자신도 같이 갔으면 좋았을 텐데 하고 아쉬워했다. 유진은 짧게 웃었다. 서로 밥을 잘 챙겨먹고, 잘 자라는 인사를 끝으로 전화를 끊은 후 유진은 침대에 얼굴을 묻었다. 이대로 잠이 들고 싶었지만, 너무 조용한 곳이라 조금 무서운 기분이 들었다. 유진은 자세를 고쳐 반듯하게 누웠다. 어떻게 이렇게 조용할까. 소름이 끼칠 정도로. 방으로 들어오기 전 붉은 카펫이 깔린 고요한 복도를 걸으면서도 좀 무섭다고 느꼈던 참이었다.

"그래서 더 좋잖아."

상주는 그렇게 말했었다. 오직 이 세상에 너와 나, 단둘이 있는 것 같아. 그때 그들은 조용한 곳이 필요했다. 일상에 지쳤고, 서로 자주 다투던 참이었다. 이럴 거면 차라리 헤어지는 게 낫지 않을까. 상주가 우울한 얼굴로 말했고, 그 말에 상처 입은 유진 역시 아무 말도 하지 않는 나날이었다. 한집에 사는 그들은 서로 피하지도 못한 채 우울한 얼굴로 마주 보고도 애써 못 본 척 다른 곳으로 시선을 돌렸다. 하지만 집 안은 익숙한 것들로 둘러싸여 있었다. 서로의 머리 냄새가 밴 베개, 방금 전까지 마셨던 물컵, 칫솔, 매일 같은 자리에 두던 코트, 그리고 뒤축이 닳은 운동화…… 그러다 갑작

146

스럽게 상주가 물었다. 겨울 바다 보러 갈래? 그것은 화해를
하자는 뜻이었으므로 유진은 기다렸다는 듯 힘차게 고개를
끄덕였다. 상주가 웃었다. 모처럼 기분 좋게 온 여행이었다.
그래서 누런 벽지와 낡은 가구, 켜켜이 먼지가 쌓여 있는 방
조차 근사해 보였다. 우리 진짜 아무것도 하지 말자. 상주는
그렇게 속삭였다.

유진은 낡은 소파에 앉아 맞은편 창문을 열었다. 커다란
창 너머로 조성된 산책로가 보였는데, 그곳에서 젊은 부부
와 남자아이가 배드민턴을 치고 있었다. 겨울인데도 부자는
반바지 차림이었고 여자는 긴 패딩을 입고 있었다. 하지만
모두 플립플롭을 신고 있었다. 배드민턴을 치는 것보다 옷
차림의 차이 때문에 눈길이 갔다. 아이의 아빠는 가로등 불
빛에 의지한 채 아이가 쉽게 받을 수 있도록 콕을 넘겨주고
있었다. 하지만 아이는 서투르게 배드민턴 채를 휘둘렀고,
자주 콕을 놓쳤다. 아이는 화를 내고 있었다. 자신이 아니라,
아빠에게. 아, 아빠, 다시. 그렇게 하면 안 돼, 다시. 아이는
바짝바짝 약이 오른 것 같았다. 유진도 그랬다. 이따금 상주
와 배드민턴을 칠 때가 있었는데, 놀랍도록 단 한 번도 이긴
적이 없었다.

"사실은 말이야……"

상주는 오랫동안 망설이다 비밀을 말해주었다. 그들이 사

귀기 전 다른 친구들과 냇가에 놀러 갔을 때였다. 유진은 상주와 조금 떨어진 곳에서 남자인 다른 친구와 배드민턴을 치고 있었다. 상주는 그녀의 관심을 끌기 위해 자꾸만 서투른 척 그쪽으로 공을 보냈다고 했다. 자신을 봐주기를 바라면서, 이쪽으로 시선을 끌기 위해. 하지만 유진은 땀을 흘리며 경기에만 집중하고 있었다. 너는 내가 있는 줄도 모르는 것 같았어. 상주는 조금 볼멘소리로 중얼거렸다.

"그래서…… 조금이라도 네가 날 봐주면 좋겠다고 생각했어."

유진도 그때의 일을 기억했다. 처음에는 신경도 쓰지 않았다. 하지만 자꾸만 엉뚱하게 이쪽으로 날아오는 콕 때문에 몇 번이나 경기를 멈춰야 해서 신경이 거슬리기 시작했다. 누군가가 웃음을 터뜨리며 상주, 배드민턴 처음 치나 봐 하는 말에 그 사람이 상주라는 것을 알았고, 화를 조금 누그러뜨릴 수 있었다. 조금 쉬었다가 하자. 같이 배드민턴을 치던 친구가 다가와 유진의 어깨를 잡았다. 그 순간 유진은 이마에 가벼운 통증을 느꼈다. 아얏. 이마를 문지르며 주변을 살피자 상주가 뻔뻔한 얼굴로 미안,이라고 말하며 한가운데로 걸어와 콕을 주웠다.

"그럼 일부러 못 치는 척한 거야?"

유진은 어이없는 목소리로 물었다.

"응."

"그냥 네 쪽을 봐주길 원해서 그런 거라고?"

"응."

"순전히 그것 때문에 내 이마를 맞힌 거야?"

"응."

상주는 여전히 뻔뻔한 얼굴이었다.

"와, 속았어. 철저히 속았어."

유진은 사귀는 동안 함께 했던 배트민턴 내기들을 떠올렸다. 저녁을 먹고 설거지를 하는 것, 그리고 떨어진 원두나 세제를 사오는 것 같은 귀찮은 일을 두고 그들은 자주 내기를 했다. 상주가 진 적이 없어서 매번 유진이 도맡아서 하던 일들이었다. 하지만 유진은 자꾸만 웃음이 나왔다.

"그리고 또?"

"뭐가?"

"또 뭐가 있는데?"

유진은 상주에게 얼굴을 가까이 들이밀었다.

"네가 나한테 관심을 끌려고 했던 거 또 말해봐."

"싫어."

상주는 얼굴이 조금 붉어진 채 그녀의 시선을 피했다.

"아, 왜, 말해줘."

유진은 상주를 붙잡았다. 상주는 그녀의 옆에 누워 기억이 안 나,라고 시치미를 떼다 마지못해 하나둘씩 이야기하기 시작했다. 유진이 기억하거나, 기억할 수 없는 일들. 그녀는 눈을 감고 상주의 목소리에 집중했다. 그리고 이야기가 끝나갈 무렵에는 다시, 다시 이야기해줘, 하고 상주에게 졸랐다. 상주는 전보다 조금 더 붉어진 얼굴로 여전히 그녀의 눈길을 피하면서 처음부터 더듬더듬 이야기를 시작하다가 어느 순간부터는 유진의 눈을 똑바로 보고서 물었다.

"정말 몰랐어?"

"응, 몰랐어."

"거짓말."

거짓말하지 마. 상주는 자신이 그렇게 티를 냈는데 몰랐을 리가 없다고 했다. 정말 몰랐으면 오래된 친구 사이인 그들이 이렇게 만날 수 없을 거라고 했다.

"아니, 난 정말 몰랐는데."

유진은 끝까지 모른 척했다. 그리고 후회했다. 그냥 솔직했어도 괜찮았을 텐데, 끝까지 묘한 자존심을 부렸다는 생각에 부끄러웠다. 나중에 그들이 헤어지고 나서 다시 오래된 친구 사이로 돌아갔을 때도 그 일을 생각했고, 자주 부끄러운 마음이 되었다. 어떨 때는 울고 싶은 마음이 들 정도로 후회하기도 했다. 하지만 진짜로 눈물이 나오진 않았고, 그래서 더, 부끄럽고 마음이 아팠다. 혼자 있는 밤이 되면 조심스럽게 자신의 얼굴을 더듬거려볼 때도 있었다. 하지만 마음과 달리 변한 것은 없었다. 아무것도.

다음 날 유진은 근처에 있는 사찰을 찾았다. 지역 명소로 아주 오래된 곳이라고 들었는데 일주문부터 크고 화려했다. 전소, 소각, 재건. 나중에 입구에 있는 안내판을 보고 나서야 10년 전쯤 이곳이 산불로 인해 모두 불타서 없어졌고, 다시 지은 절이라는 것을 알 수 있었다. 야밤에 마을 주민들이 모두 대피해야 했던 아주 큰 산불이었다. 그녀는 꼼꼼히 시커멓게 그을린 폐허를 찍은 사진과 불에 사라진 석탑이나 절을 그린 그림을 봤다. 구불구불하고 좁은 길을 따라 들어가니 예상보다 절이 크고 웅장했다. 수십 개의 연등이 바람에 이리저리 흔들리고 있었고, 어디를 가도 사람들이 많았다. 여기저기 향냄새가 퍼지고 있었다. 사람들은 앞다퉈 대웅전에 들어가 절을 하고 기와에 가족들의 이름을 적었다. 그녀도 들어가서 덩달아 절을 했다. 딱히 빌 것이 없었는데도 그랬다. 원래 이런 곳에 와서는 절을 하고, 기도를 드리는 곳이니까. 누군가 어디서 쌀을 한 줌 봉지에 담아 와 제단에 놓았다. 알록달록한 큰 알사탕이나 물 한 병, 과자나 돈도 있었다. 유진도 천 원짜리 한 장을 꺼내놓았다. 나중에 보니 법당마다 제물이 있어서, 그녀는 계속해서 돈을 꺼내 올려두고 절을 했다. 불상 앞에서 절을 하고, 다시 탱화 앞에서 절을 하는 식이었다. 등줄기에서 땀이 흘렀다. 추운 날씨인데도 몸을 움직일 때마다 자신에게서 나는 희미한 땀 냄새를 맡을 수 있었다.

"아가씨 밥 먹고 가."

절을 하다 문득 고개를 올려보니 법복을 입은 할머니가 그녀에게 말을 건네고 있었다. 밥 있어, 먹고 가. 아까부터 그녀를 유심히 지켜본 사람 같았다. 뭔가 불심이 깊은 사람으로 오해받은 것 같아 그녀는 부끄러웠다. 괜찮다고 손사래를 치자, 노인은 다 먹고 가는 건데, 뭘. 괜찮아, 먹고 가라며 건너편을 가리켰다.

노인 말대로 식당에는 사람들이 한 차례 빠져나가는 중이었다. 자리를 잡고 가서 밥솥을 열자 뜨거운 김이 공중에서 흩어졌다. 그녀는 사람들이 가져간 후 남은 반찬들을 자리로 가져와 천천히 먹었다. 찐 밥과 여러 찬들은 놀랍도록 아무 맛이 없었다. 아가씨 어디서 왔어? 옆에서 같이 식사를 하던 법복을 입은 사람들이 물었다. 서울이요. 그렇지, 다들 서울에서 오지. 아, 어디 서울에서만 오나. 전국 팔도에서 다 오지. 그들은 아무것도 아닌데도 싸우듯이 말하다가 다시 밥을 먹는 데 집중했다. 유진은 그들의 대화를 듣고 이 절에 모든 게 타버렸는데도 사람들이 많이 오는 이유가 화마에 남은 작은 목재 불상이 있어서라는 것을 알았다. 어쩐지 거 짓말 같았다. 모든 게 다 타버렸는데도 남은 것. 그런 게 정 말 가능한가. 영원히 남는 것. 사라지지 않는 것이. 잠시 후 그녀에게 밥을 먹고 가라고 한 노인이 들어왔다.

"밖에 눈이 오네."

정말 그녀의 머리 위로 하얀 서리가 내려앉아 있었다.

그들은 눈이 그칠 동안 잠시 기다렸다. 올해는 이르게 눈 이 내리네. 어쩐지 따뜻하더라. 아니, 눈이 오는데 왜 따뜻 해? 원래 눈 내리는 날이 따뜻한 거야. 그것도 몰랐어? 그들 은 다시 옥신각신하다 귤이나 약과를 꺼내 먹었다. 유진에 게도 한사코 권유해서 그녀는 그것을 받아 쥐고 있다가 슬 며시 다시 제자리에 두었다.

"왜 혼자 왔어? 신랑이랑 같이 오지."

유진은 재우와 결혼하지 않았지만, 회사 일 때문에 바빠 자신이 혼자 올 수밖에 없었다고 했다. 그러고 보니 언젠가 상주는 그가 좋은 사람이라고, 그녀가 꼭 그와 결혼을 했으 면 좋겠다고 말한 적이 있었다.

"나쁜 사람 옆엔 마땅히 좋은 사람이 있어야 해. 그래야 세상의 균형이 맞지."

"뭐라고?"

유진은 맥주를 마시다 그녀를 향해 눈을 치켜떴다. 그럼 그럼. 그 말에 재우가 고개를 끄덕였다. 그는 그들이 그저 아주 오래된 친구 사이로만 알고 있었다. 사실 그를 만나기 훨씬 이전, 아주 오래전에 그들은 헤어졌고, 친구 사이로 돌아가 보낸 시기가 훨씬 더 길었으므로 그 말이 아주 틀린 것도 아니었다. 그날 그는 기분이 좋다며 3차까지 쏘겠다고 했지만, 상주는 몸이 피곤해 먼저 집에 가겠다고 했다. 열대야가 심한 밤이었는데, 재우와 유진이 함께 버스를 기다려 주었다. 상주는 버스에 올라타 그들을 보고 웃으며 짧게 손을 흔들었다. 조금 더 오래 인사를 나누고 싶었는데 차가 빨리 출발해 그럴 수 없었다.

"그럼 여기 여행 온 거야?"

노인이 물었다.

"아니요. 친구 만나러요."

"친구?"

"네."

유진은 창밖에 내리는 눈을 잠시 걱정스럽게 바라보았다. 나머지 노인들은 심심한지 유진이나 재우의 출생 연도를 묻다가, 육십갑자로 무오년인지 신유년인지를 두고 다퉜다. 그러다가도 모두 입을 다물고 창밖의 경치를 구경했다. 눈이 그쳤을 땐 모두들 일을 해야 한다며 흩어졌다. 밖으로 나가는 유진을 누군가 붙잡아 뒤돌아보니 노인이 있었다.

"친구랑 나눠 먹어."

그녀는 남은 귤과 과자를 모두 넣은 검은 봉지를 유진의 손에 쥐여주고는 들어가버렸다.

유진은 불상을 보지 못했다. 모든 것이 타버렸는데도 조금 그을렸을 뿐 멀쩡했다던 그것을 보고 절을 하고 싶었지만 도무지 어디 있는지 찾을 수 없었다. 법당이 너무 많았다. 그러다 무심코 들어간 곳이 죽은 사람들을 모셔놓은 곳임을 깨달았다. 커다란 액자 안에 한 남자가 무심한 얼굴로 그녀를 보고 있었다. 주름 하나 없이 머리가 새카만 남자가 유진을 쏘아보았다. 갓 가정을 꾸렸거나, 아니면 한참 키워야 할 딸이 있는 사람. 유진은 그런 느낌이 들었고, 자꾸만 그런 확신이 들었다. 그의 앞에는 계절에 맞지 않는 커다랗고 탐스러운 과일들이 놓여 있었다. 그리고 그 뒤로 그보다 죽은 지 더 오래된 사람들의 작은 사진과 이름들이 적힌 종이가 빽빽하게 벽에 붙어 있었다. 대부분 나이가 많은 노인들이거나 중년의 사람들이었다. 그리고 그 가운데 아주 어린 아이의 사진도 있었다. 아이는 웃고 있었다. 유진은 도망치듯 그곳을 빠져나왔다.

절에서 다른 출구로 나와 오랫동안 걸은 끝에 버스 정류장을 찾을 수 있었다. 유진은 정류장 안 플라스틱 의자에 앉지 않고 나와서 기다렸다. 들어가자마자 또렷하게 소변 냄새가 나서 도저히 그 안에서는 기다릴 수 없었다. 그녀는 찬바람을 맞으며 기다렸다. 언제 올까. 정말 오는 게 맞긴 한걸까. 아까 절에서 시간을 너무 지체한 건 아닌지 모르겠어. 유일하게 그곳으로 가는 차였다. 그마저도 산 입구까지만 갈 뿐 그 후부터 유진이 걸어 올라가야 할 길이 문제였다. 정류장 바깥에는 시간표가 붙어 있었다. 하지만 너무 오래되어서 중앙 부분이 하얗게 변해버려 시간을 읽을 수 없었다. 그 옆에는 오래된 소주 광고지가 붙어 있었다. 바람이 불 때마다 한쪽 귀퉁이가 파닥거렸다. 유진은 무언가를 보면서 시간을 보내고 싶었지만, 휴대전화를 열어도 데이터가 느렸고, 혹시나 그사이 버스가 자신을 못 보고 지나칠까 봐 두려웠다. 그녀는 조금 더 도로와 가까운 곳에 서서 불어오는 바람을 향해 서 있었다. 잠시 후 멀리서 군내버스가 오는 것이 보였다. 유진은 손을 들었다. 멀리서부터 차가 주춤하며 그녀 앞에 섰다.

그녀가 올라타자 기사를 포함해서 버스 안에 있던 사람들의 시선이 쏠렸다. 그들은 모두 비슷하게 보였고 서로를 잘 아는 사람들 같았다. 그들은 모두 경계하는 눈빛으로 이방인을 보며 자신들끼리 수군거리다 금방 다시 입을 다물었다. 유진은 모른 척 창문이 조금 열려 있는 빈 좌석으로 가 앉았다. 그녀가 앉기도 전에 차는 출발했다. 마지막 종착지 부근에 목적지가 있었으므로 오랜 시간을 가야 했다. 유진은 잠깐이라도 눈을 붙이고 싶었지만, 이상하게도 잠이 오지 않았다. 창밖으로 드넓은 들판이나 낯선 마을 입구가 보일 때마다 아직 도착하려면 멀었다는 것을 알면서도 깜짝깜짝 놀라며 다시 자세를 고쳐 앉고 여기가 어디인지를 가늠했다. 그사이 손님이 하나둘 내릴 때마다 그들은 인사를 하며 아쉬워했다. 형님, 잘 가. 응, 또 봐. 다음에 봐. 그리고 다시 누군가 올라타면 알은체를 하며 반가워했고, 가벼운 대화를 나누다가 다시 헤어지는 식이었다. 어느 순간부터는 모두 사라지고 기사와 그녀를 포함해서 두세 명의 승객들이 타고 있었다. 열어둔 창문으로 거름 냄새가 났다. 그녀는 창문을 닫아버렸다. 모두 말이 없어 차 안이 고요했다. 잠시후 기사는 라디오를 틀었다. 뉴스나 시간, 날씨, 때때로 이곳과는 전혀 상관없는 곳의 교통 상황이 들렸다. 그러다 지구촌 해외 토픽이라는 뉴스가 나왔다. 칠레의 절벽에서 어떤 여자가 떨어져 죽었다는 이야기였다. 평상시에도 세계 곳곳의 절벽에서 사진을 찍어서 사람들의 시선을 끄는 사람이었는데, 아마 조금 더 멋진 사진을 찍어보려다 사고를 당한 것 같다며 안전에 유의해야 한다는 이야기가 덧붙었다.

"미친년."

운전기사 바로 뒤에 앉은 한 노인이 소리쳤다. 색깔이 고운 등산복을 겹겹이 받쳐 입은 그녀는 양손으로 지팡이를 잡고서 가볍게 몸을 떨며 말했다.

"뭐 하러 그런 데를 가."

"그러게요."

운전기사도 앞을 보면서 대답했다. 그녀는 누군가 자신의 말에 대답을 해준 것이 조금 신이 난 듯했다.

"미친년."

이번에는 아무도 대답을 하지 않았다.

"뭐 하러 그런 데를 가느냔 말이야. 세상에는 별별 년놈들이 다 있어."

노인은 가래가 끼었는지 거친 숨소리를 내며 기침을 했다. 소리는 점점 거세졌고, 유진은 잠시 망설이다, 하차 벨을 눌렀다.

뭐가 그렇게 듣기가 싫었을까. 유진은 한참 동안 노인의 숨소리를 떨칠 수 없었다. 적막을 깨는 거친 숨소리나 가벼운 적의도 싫었지만, 무엇보다 '년' 소리에 마음이 상했다. 그 미묘한 어감이 어딘지 자신의 마음을 끊임없이 괴롭히고 있었다. 그래, 세상에는 별별 사람이 있고, 사람의 마음은 참

이상하고…… 유진은 그 순간 자신이 상주를 떠올리고 있다는 것을 깨달았다. 상주는 산에서 눈을 보고 싶었다고 했다.

"사실은 말이야. 여기 말고 다른 데 가고 싶었어."

여행의 마지막 날 상주는 맥주를 마시면서 말했다.

"겨울 바다가 보고 싶었다며?"

"그렇긴 한데…… 여기 말고 아주 먼 곳."

"먼 곳 어디?"

"그냥. 아주아주 눈이 많이 내리는 곳."

"그래, 그러니까, 어디."

유진이 답답해하자, 상주는 글쎄 니가타나 삿포로나 뭐 그런 곳, 눈만 많이 오면 어디든 상관없어, 하고 말했다.

"설경이 보고 싶었던 거야?"

유진의 물음에 상주는 그렇긴 한데…… 조금 특별한 풍경이 보고 싶었다고 했다.

"산에서 하얀 눈이 내리는 아래를 보고 싶었어."

정말 끝도 없이, 그냥 한없이 뒤덮인 하얀 곳…… 그런 게 보고 싶었어. 상주는 아무도 없는 인적이 드문 곳에서 한없이 투명한 것을 보다 사라져도 좋을 것 같다고, 아주 멋지지 않을까 하고 물었다. 유진은 왜 그런 게 보고 싶으냐고 물었다.

"그냥 눈 밟는 소리도 듣고."

"그리고?"

"그냥 보는 거지. 그렇게."

유진은 여전히 의문이 들었지만, 그래, 세상에는 다양한 형태의 소망이 있는 법이니까, 막상 상주의 말을 듣고 보니 아주 멋진 풍경일 것 같다는 생각이 들면서 덩달아 보고 싶어졌다. 상주는 충분히 그런 곳에 갈 수 있었음에도 이제 막 아르바이트 자리를 구하고 영어 학원에 등록한 그녀 때문에 이곳으로 온 것이었다. 그간의 미묘한 다툼과 침묵들이 생각나면서 유진은 미안해졌다.

"그런데 너랑 있는 게 더 중요해."

상주는 갑자기 진지한 얼굴로 그렇게 말했다.

"진짜야. 그냥 이렇게 조용한 곳에서 너랑 단둘이 있는 거. 그거면 난 만족해."

"다음에 가면 되지."

유진은 그렇게 말하며 맥주캔을 내밀어 상주가 쥐고 있는 캔에 가볍게 갖다댔다. 그것은 약속을 할 때 손가락을 거는 것 대신이었다. 그녀는 점점 술기운이 오르는 것을 느끼며 쾌활하게 말했다.

"우리 다음에 여기 또 오자."

"응."

"니가타도 가고."

"응."

"그때는 하루 종일 너랑 같이 눈 내리는 걸 구경할게."

"정말?"

"응."

유진은 자신이 알고 있는 눈이 많이 내리기로 유명한 북유럽 나라들의 이름과 명소들을 이야기했다. 그때마다 상주는 그녀의 눈을 똑바로 보며 정말? 진짜지? 하고 꼬박꼬박 그 말들을 되풀이했다. 아주 오래전의 일이었다.

유진은 천천히 산을 올랐다. 벌써 몇몇 등산객들은 내려오고 있었다. 산에 오르기에는 조금 늦은 시간이라 올라가는 사람은 그녀밖에 없었다. 내려오는 사람들은 그녀에게 눈길조차 주지 않은 채 무심한 얼굴로 자기들끼리 이야기를 하며 내려갔다. 유진은 쉬지 않았다. 차갑고 축축한 흙냄새가 진동하는 곳에서 더 깊이 숨을 들이마셨다. 어느 순간부터는 목덜미에서 잔잔히 땀이 맺히기 시작했다. 유진은 입고 있던 겉옷은 벗어서 허리춤에 묶었다. 안으로 들어갈수록 경사가 심해졌고, 비탈길이 이어졌다. 그러다 발을 헛디뎌 넘어졌다. 흙으로 덮여 있어서 바위가 있다는 것을 모르고 그곳으로 발을 디딘 탓이었다. 한 차례 눈이 내렸다가 그친 탓에 바위에 붙은 이끼가 물기나 습기를 머금고 있었고, 그 때문에 미끄러웠다. 유진은 자신이 다리를 벌린 채 양손으로 젖은 흙을 한 움큼 움켜잡고 있다는 것을 깨달았다. 냉큼 자리에서 일어나 무릎에 묻은 흙을, 손에 있는 작은 나뭇가지들을 털었다. 손바닥에는 작고 붉은 상처들이 생겼다. 손을 털 때마다 아릿한 느낌이 들었다. 나중에는 통증 때문에 끊임없이 주먹을 쥐었다가 폈다.

유진은 통증을 참고 양손으로 스틱을 쥔 채 한 걸음씩 내디뎠다. 이따금 내려오는 사람들이 빤히 그녀를 쳐다봤다. 잔뜩 진흙이 묻은 채 지팡이를 짚고 절뚝거리는 여자. 일행도 없이 산을 오르는 그녀를 의아한 눈으로 쳐다봤고, 유진이 자신들 곁에서 멀어지는 것을 확인하고는 어떻게 여기까지 올라왔대? 하고 말했다. 산이고 우거진 곳이라 조금만 말해도 말소리가 울린다는 것을, 그래서 유진이 들을 수 있다는 것을 모르는 것 같았다. 그러거나 말거나 유진은 계속해서 올라갔다. 갈 수 있는 곳까지 가보고 싶은 마음이었다.

등산로와 전망대. 어디로 가야 하나. 유진은 잠시 눈앞에 있는 표지판을 보고 고민했다. 등산로로 올라간다면 말 그대로 정상까지 올라간다는 것이었고 그것은 불가능해 보였다. 겨울이라 해가 짧았다. 그럼 전망대 쪽으로, 하고 선택할까 싶었지만 그래도 알 수 없었다. 상주는 어디로 갔었을까. 유진은 삼시 고민했고, 결국 알 수 없음으로 일단 전망대 쪽으로 방향을 틀었다. 아까보다는 완만했지만 전보다 더 길이 길고 재미가 없었다. 그래서 더 힘이 들었다. 그래도 무언가 있으니까 전망, 말 그대로 무언가 볼 수 있는 곳 아닐까. 유진은 막연하고 희미한 바람을 안고 본능적으로 조금씩 어두워지는 사위를 향해 걸어갔다.

힘들게 도착했지만 막상 전망대에서 보이는 풍경은 멋지지 않았다. 유진이 걸어온 방향으로 전망대를 설치한 탓에 걸어오면서 그녀가 봤던 풍경들을 위에서 보는 것과 같았다. 조금 더 드넓게 펼쳐진 마을과 가게들, 그리고 도로가 보였다. 그녀는 자신이 있는 곳이 생각보다 높은게 아니라는 걸 알고는 조금 실망했다. 잠깐 숨을 고르고 쉬고 싶었으므로 유진은 쉴 만한 곳을 찾아보았다. 전망대에서는 사람들이 모두 벤치에 앉아 사진을 찍거나 시끄럽게 떠들고 있었기에 마땅히 쉴 만한 곳으로 보이지 않았다. 유진은 그대로 뒤를 돌아 내려오면서 길이 아닌 나무가 우거진 안쪽으로 방향을 틀었다. 오히려 그곳이 더 조용하고 쉬기에 알맞을 것 같았다. 잠시 후, 축축한 안개 같은 기운이 점점 더 다가오고 있음을 느꼈다. 그녀는 군데군데 흰 눈이 뭉쳐 있는 모습을 발견했다. 높고 어두운 곳이라 낮에 내렸던 눈이, 혹은 그 이전에 내렸던 눈이 아직 녹지 않은 것 같았다. 지저분하고 추적추적한 길이 점점 눈이 녹지 않은 안쪽으로, 환한 눈밭으로 변해갔다. 신기하다. 유진은 하얗게 눈이 쌓인 땅 위로 발을 디디며 생각했다. 그녀가 발을 움직일 때마다 작게 뽀드득거리는 소리가 들렸다. 잠시 후 그녀는 거대한 고목을 발견했고, 땅 위로 솟아오른 딱딱하고 축축한 뿌리 위에 걸터앉았다. 그리고 그 앞에 펼쳐진 작지만 새하얀 눈밭을 바라봤다. 어느 시점을 사이에 두고 검은 흙이 군데군데 드러나며 눈이 녹고 있었지만, 그녀의 눈앞에 누구도 밟지 않은 영역이 조금이나마 있었다. 유진은 서서히 땅이 말라가고 있음을 느꼈다. 목이 말랐다. 그녀는 가방에서 귤을 꺼내 하나씩 먹었다. 머리 위 우거진 나뭇가지 사이로 긴 햇볕이 내리쬐고 있었다. 본격적으로 노을이 지기 전의 볕 같았다. 아무도 없는 고요한 곳에서 유진은 천천히 귤을 먹었다. 오로지 귤을 씹는 작은 소리만이 들렸다. 귤을 다 먹고는 깊이 숨을 쉬어보고 한참 동안 가만히 있었다. 적막하고 고요했다.

한참 후 그녀는 자신이 무언가를 기다리고 있다는 것을 깨달았다. 간절한 마음으로 무언가를 바라고 있었다. 뭘까. 대체…… 잠시 후, 그녀는 상주가 보고 싶어 했던 것, 정확히 말하면 그들이 함께 보자고 했던 바로 그 풍경을 볼 수 있을 거라고 막연하게 믿었다는 걸 깨달았다. 시간이 흐를수록 기대했던 마음이 조금씩 무너지고 나중에는 처절한 실망감이 들면서도, 그 자리를 떠날 수 없었다. 그녀는 다시 숨을 고르고 기다렸다. 하지만 놀랍도록 아무것도 느낄 수 없었다. 아무것도. 오로지 자신이 결코 닿을 수 없는 것, 바로 그 앞에 서 있다는 것만은 체감할 수 있었다.

시간이 얼마나 지났을까. 유진은 힘겹게 자리에서 일어나면서 자신의 몸이 굳어 있음을 깨달았다. 재우에게서 몇 통의 문자가 와 있었다. 그는 유진이 어디쯤이고, 오늘은 무엇을 봤는지 궁금해했다. 유진은 잠시 망설이다 전망대에 올라 온통 눈으로 뒤덮인 아름다운 풍경을 보았다고 답했다. 그리고 나중에 다시 연락을 하겠다고 덧붙였다. 유진은 등산로로 방향을 바로잡아 걷기 시작했다. 저 멀리 앞서가는 사람들의 뒤통수를 볼 수 있었다. 그녀는 뒤돌아보지 않았다. 내려가는 길은 이전보다 훨씬 수월했다. 충분히 쉬었던 탓에 다리도 후들거리지 않았다. 유진은 정확히 방금 전 자신이 걸었던 익숙한 길을 천천히 짚으며 걸었다. 하지만 어느 순간부터 아주 이상한 기분이 들었다. 누군가가 자신을 지켜보고 있는 것 같았다. 조금 전 그녀가 있던 바로 그 자리에서 서서 자신 쪽으로 돌아봐주기를, 안타깝게 그녀를 보고 있는 것만 기분이 들었다. 잠깐이라도 자기를 봐주기를 바라는 마음. 왜 자꾸 그런 간절한 기분이 드는지 모르겠다고 생각했다. 무언가를 남겨두고 온 것 같았다. 그리고 다시 생각했을 때는 혼자 남겨진 것 같기도 했다. 그리고 그곳

을 떠날 때까지, 아주 한참을 멀리 떠날 때까지 유진은 끝내
그 알 수 없는 기분을 떨칠 수 없어 소리 내어 울고 싶어졌
다. 유진은 아무도 자신을 보지 못하도록 깊이 고개를 숙였
다. 그리고 천천히 자신의 얼굴을 더듬거리기 시작했다.

작별

딸아이의 외투 주머니에서 처음 보는 인형이 나왔을 때 우리는 잠시 아연한 표정으로 서로를 마주 보았다. 손바닥만 한 인형이었고 머리가 압도적으로 큰 기이한 비율, 금발에 큼지막한 초록색 눈동자, 검붉은 벨벳 치마를 입고 있었다. 전형적인 인형이라고, 연서의 방에 있는 장난감 중 하나라고 여길 수도 있었지만, 우리 집, 우리 가족의 일상에서 한번도 함께한 적이 없는 물건임을 금방 알아차릴 수 있었다.

"이게 뭐야."

정은은 인형을 흔들어 보였다. 인형의 촘촘한 속눈썹 사이로 큼지막한 눈이 뜨였다. 눈을 깜박이는 인형을 보며 연서는 팔을 뻗었지만 정은은 단호했다. 이게 뭐냐니까. 우리는 방금 복합 쇼핑몰을 다녀온 참이었고, 코트조차 벗지 않은 차림이었다.

"엄마가 저번에 이 인형 사줬잖아!"

정은은 연서를 세워두고 크게 소리쳤다. 정은은 성큼성큼 방에 들어가 같은 인형을 가져왔다. 내 눈에도 얼핏 그 두 인형은 똑같아 보였고, 그제야 최근에 아이가 한참 조르던 물건이었음을 깨달았다. 금방 싫증 날 것을 염려해 사주지 않으려고 했던 정은이 며칠 인터넷 검색을 통해 구입한 인형이었다. 정은은 연서 앞에 인형을 거칠게 들이밀었다.

"봐, 여기 있잖아. 여기 있는데 왜 그런 거야?"

아이는 잔뜩 겁에 질린 채 눈치를 보다 큰 소리로 울음을 터뜨렸다.

"아니야."

연서는 정은이 제 앞으로 내미는 인형을 작은 손으로 밀며 말했다.

"아니야."

"이거 아니야, 엄마."

"나, 이거 아니야."

아이는 울면서 인형을 저 멀리 던져버렸다.

"모든 게 나 때문인 것 같아."

170

정은은 운전대를 잡은 채 멍하니 앞을 보며 중얼거렸다. 그런 게 아닌 거 알잖아. 내 말에도 그녀는 묵묵히 앞을 바라볼 뿐이었다. 뒷자석에는 울다 지친 연서가 잠들어 있었다. 우리는 주말을 맞아 찾아간 복합 쇼핑몰 놀이 공간에서 아이가 인형 하나를 가져왔음을, 자신의 것이 아닌 물건을 몰래 주머니 안에 넣어 왔다는 것을 눈치챘다. 싫지만 인정해야 했다. 우리 아이는 도둑질을 했다. 우리는 다시 그 인형을 제자리에 두러 가고 있었다.

"아직 어리잖아. 뭐가 옳은 건지 그른 건지 잘 모르니까."

충분히 그런 '실수'쯤은 저지를 수 있지,라는 말을 덧붙였지만, 충격은 가시지 않았다. 부모가 된다는 게 이렇게 어려울 줄이야. 이른 아침부터 인파를 헤치고 다니며 아이와 함께 놀아주느라 온몸이 녹초였다. 겨우 도착한 좁고도 익숙한 집에서 나는 적당한 훈육으로 마무리하고 싶은 마음이 용솟음쳤다. 하지만 지금 저녁 식사도 거른 채 다시 왔던 길을 되돌아가고 있었다.

"자기가 원했던 건 이게 아니었다고 말한 거잖아."

여전히 앞을 보며 정은이 말했다. 연서가 원하던 인형은 생각보다 고가였다. 아이 장난감치고는 너무 비싼 것 아닌가, 인형이란 그저 갖고 놀기만 하는 건데,라는 생각에 유럽 브랜드의 고가 인형을 흉내 낸 다른 인형을 사다 준 일이 화

작별

근이 된 것 같았다. 우리의 눈엔 그 두 물건이 똑같아 보였지만, 아이에겐 분명 다른 점들이 있었을 것이다. 이건 아니야. 이건 내가 원하는 게 아니야.

나는 잠시 침묵했다. 정은과 내가 함께한 지난 연애 시절과 조금 더 어렵고, 어렸던 시기들이 떠올랐다. 그 시기 우리가 어땠는지 똑똑히 기억할 수 있었다. 적은 값에 많이 먹을 수 있는 식당을 찾아다니거나, 같은 기능이면 저렴한 물건만 사던 시절이 있었다. 이만하면, 이만하면 괜찮지 싶으면서도, 마음 한구석에는 지금만 참으면, 다음엔, 다가올 날에는 바로 '그것'을, 내가 원하는 것을 살 수 있으리라는 건강한 낙관이 가득 찬 시기였다.

과연 그렇게 됐나, 우리가?

나는 저 멀리 보이는 환한 쇼핑몰을 보며 힘없이 웃었다. 문득 연애 시절, 만난 지 6주년이었던 기념일이 떠올랐다. 나는 모처럼 큰맘 먹고 와인 한 병을 샀다. 그때까지 와인 잔이 없었던 우리는 잠시 와인과 함께 팔던 크고 두꺼운 크리스탈 잔을 들어 보다가 내려놓았고, 돌아오는 길에 생활용품점에 들러 와인 잔 두 개를 골랐다. 우리는 싱크대에 기댄 채 와인을 나누어 마셨다. 그 순간은 기뻤고, 편안하고 익숙하지만 다른 차원으로 흘러가려고 하는 우리의 사랑을 느낄 수 있었다. 앞으로 서로 없이는 인생을 살지 못할 거라는

172

걸 깨닫는 순간이었다. 그날 나는 잔을 씻다 길고 얇은 목을 똑 부러뜨리고 말았다. 깨져버린 값싼 유리잔을 보면서 정은과 나는 짧게 웃음을 터뜨렸다.

우리는 뒷좌석에 잠들어 있는 연서를 흔들어 깨웠다. 아이는 그때까지 인형을 안고 있었다. 자, 이제 가야지. 우리는 연서의 손을 하나씩 나누어 잡으려고 했지만, 연서는 인형을 쥐고 있는 주먹을 풀지 않았다. 나는 못 본 척 가볍게 아이의 손목을 쥐었다. 우리 가족은 그렇게 나란히 손을 잡은 채 건물 안으로 들어갔다. 쇼핑몰은 아까와 달리 사람이 별로 없었고, 앞으로 한 시간 뒤 폐장이었다. 정은과 나는 그 인형을 도로 제자리에 갖다 두자고, 아니면 직원에게 맡기자고 했지만, 연서는 완강하게 고개를 저었다. 우리가 오랫동안 차례로 어르고 달랜 끝에야, 연서는 고개를 숙인 채 폐장 시간까지만 갖고 있다가 인형을 포기하겠다고 약속했다. 그래, 그럼 그때까지만. 그제야 나는 내 목소리가 쉬었다는 것을 알아차렸다. 연서는 내 쪽을 쳐다보지도 않고 자신이 들고 있는 인형을 가만히 바라보았다. 나는 한숨을 쉰 후 잠깐 화장실을 다녀오겠다고 했다. 그리고 화장실에서 손을 씻은 다음 거울 속에 피곤해 보이는 얼굴을 살핀 후 다시 그곳으로 걸어갔다. 커다란 통유리창 너머로 정은과 함께 놀고 있는 연서가 보였다.

　나는 말없이 그 모습을 건너다본다. 지금 우리의 마음을 아이가 알 수 있을까. 적어도 애가 원하는 것만큼은 해주고 싶었는데. 우리가 그 모든 걸 이뤄줄 순 없나 봐. 정은은 잠든 연서를 깨우기 전 아이의 동그란 이마를 쓰다듬으며 말했다. 나는 그 말이 너무 당연하다고 생각한다. 그리고 너무 깨끗하게, 당연하게 다가오는 것만큼 그 사실이 나의 마음을 아프게 한다. 아마 정은도 그럴 것이다. 나는 지금 조용히 기다리고 있다. 결국 인형을 내려놓고 떠나야만 한다는 것을, 그 순간이 오고 있다는 것을 깨닫게 될 아이의 얼굴을 지켜보고 있다.

기원과 기도

조금이라도 해가 없을 때, 일찍, 부지런히 움직이자.

　엄마는 지난밤에도 현수에게 몇 번이나 다짐을 췄으면서 정작 일어나지 못했다. 현수는 물끄러미 옆에서 자는 엄마의 얼굴을 들여다보았다. 엄마는 입을 조금 벌리고 곤히 잠들어 있었다. 현수는 거기에 뭐가 있기라도 한 것처럼 작은 입 동굴을 바라보았다. 잠시 후 현수는 엄마를 흔들어 깨웠다. 일어나. 기도하러 간다며. 이제 가야지. 그 말에 엄마는 눈을 떴지만 여전히 정신을 차리지 못했다. 현수와 눈이 마주쳤는데도 현수를 보는 게 아니라 다른 것을 보는 듯했다. 현수는 무덤덤한 얼굴로 엄마가 정신을 차리기를 기다렸다. 내가 죽고 난 이후, 엄마는 자주 그랬다. 현수는 이제 더는 그런 모습에 놀라지 않는 것 같았다.

"다 안 가져가도 돼?"

응. 엄마는 창문에 이마를 갖다 대면서 대답했다. 뜨거운
열기에 차 안이 달아올랐지만, 엄마는 조수석에 앉아 거리
낌 없이 대시보드 위에 손을 올리거나 손잡이를 붙잡았다.
무감. 무던함. 이맘때 분지인 이곳의 이 정도 더위는 아무
렇지 않은 것처럼 보이기도 했고, 그깟 더위야 아무렴 어떠
나, 세상 모든 일이 별로 중요하지 않은 것처럼 보이기도 했
다. 날카롭고, 뜨겁거나 차가운, 무엇이 됐든 고통을 주는 것
에 무심한 얼굴로 손을 갖다 대고도 지긋이 있을 수 있는 것
처럼 굴었다. 얼이 빠진 사람. 우리 남매를 제외한 사람들은
엄마를 그렇게 볼지도 몰랐다.

"그런데 뭔 음식을 이렇게 많이 했어."

현수는 부엌 가득 쌓여 있는 음식을 두고 말을 꺼냈다. 냉
장고를 열면 양푼 가득 잡채나 샐러드가 담겨 있었고, 식탁
위에는 산적이나 전, 전복버터구이, 깨끗이 씻은 포도, 아직
굽지 않은 조기도 있었다. 하지만 정작 챙긴 것은 사과 하나,
배 하나, 구워서 포일에 싼 조기 하나, 과일을 깎을 때 쓸 과
도 하나가 전부였나. 준비한 음식에 비해 가져가는 것이 니
무 적지 않나 하고 현수는 말하고 있었다. 그래도 과일만은

마트에서 보기 드문 물건들로, 하나같이 비현실적으로 크고 색이 좋았다. 엄마는 그중에서도 가장 동그랗고 보기 좋은 과일만을 골라 왔다. 늦은 밤까지 냉장고 문을 열어둔 채 이 사과와 저 사과 중 무엇이 좋은지 고민하고, 또 고민했다.

"너도 먹고. 정연이도 먹고."

현수는 정연이와 혼인신고만 한 후 같이 살고 있었다. 식은 가을에 치를 예정이었다.

"이럴 때 다 같이 먹는 거지."

엄마는 마치 좋은 기회인 것처럼 말했다. 아, 뜨거워. 그때까지 차창에 이마를 대고 있던 엄마는 이제야 체감한 듯 벌겋게 달아오른 이마를 문질렀다. 현수는 앞을 보며 소리 없이 웃었다.

"날이 덥기는 덥다."

엄마는 계속해서 이마를 문질렀다. 하지만 이마에 있던 자국은 서서히 사라져 남아 있지 않았다.

"현주도 더위를 많이 탔는데."

엄마는 잠깐 입에 고인 침을 삼켰다. 한 날은 같이 시장에 장을 보러 갔는데, 짐이 하도 많아서 너희 누나랑 둘이서 나눠 들었지. 일곱 살이었나, 아홉 살이었나. 그건 기억이 안나. 하여튼 내가 앞서가고, 제대로 따라오라고 단단히 주의

를 주고 그렇게 장을 봤지. 나중에 거기서 파는 국수를 점심으로 먹는데, 애가 엄마, 맛있다 하고 웃는데 이마에 땀이 땀이…… 땀을 훔쳐주니까 내 손이 다 젖을 정도였어. 투정 하나 없이, 걔가 그렇게 착하고 순했어. 엄마는 두서없이 이야기하다가 뜬금없이 웃었다. 현수는 웃지 않았다. 이미 많이 들은 이야기였고, 뭐가 웃긴지 알 수 없는 표정이었다.

나도 그날을 기억했다. 엄마를 따라 재래시장에 갔고, 지금처럼 뜨거운 여름날이었다. 그때의 엄마는 어딘지 신경질이 나 있었다. 젊은 엄마는 아버지와 사이가 좋지 않았고, 경제적으로도 여유롭지 않았다. 거기다 키워야 할 아이는 둘이나 있었다. 한 가정을 꾸리고 살아가는 사람이라면 으레 겪을 법한 문제들이 있었을 수도 있었고, 어쩌면 내가 알지 못한 엄마만의 문제가 있었을 수도 있지만, 그 시기 내가 기억하는 엄마는 항상 날카로운 사람이었다. 어쩌면 젊었기에 지금보다는 인내심이 부족했거나, 눈앞에 놓인 문제가 도저히 지나갈 것처럼 보이지 않았을 수도 있었다. 너희만 크면. 진짜 너희만 다 크고 나면. 엄마는 벼르듯 그 말을 자주 했다. 뒷말을 잇지 않았지만 나는 알 수 있었다. 이곳을 떠나고 싶다. 이 일상을, 이 생활에서 조금이라도 벗어날 수 있다면 정말 어디로든 가고 싶다. 어린 내 눈에도 엄마가 간절히 그것을 바란다는 것을 알 수 있었다.

그래서 그날 엄마가 건넨 짐이 아무리 무거워도 내색하지 않고 엄마를 따라다녔다. 비슷비슷한 골목과 골목을, 다양한 종류의 물건들을 파는 무수히 많은 가게 사이에서 엄마를 놓치지 않기 위해 눈을 부릅뜨고 필사적으로 쫓아다녔다. 어쩌면 엄마는 이대로 사라질지도 몰랐다. 어린 나는 무의식적으로 항상 그런 생각을 했고, 엄마를 놓칠까 봐 두려웠다. 시장은 정말이지 크고 넓었다. 이 지역에서 가장 큰 재래시장이고, 없는 물건이 없다는 엄마의 말처럼 사람들이 어떻게 구획과 구획을 구분하고, 비슷한 가게들 사이에서 원하는 가게를 찾는지 신기했다. 물건을 사는 사람들과 상인들이 많았고, 배달 오토바이들이 아슬아슬하게 사람들 사이를 지나다녔다. 일이 끝난 후 국수를 파는 골목에 들어서자 엄마는 굳었던 표정을 풀었다. 들통에 오래도록 끓인 멸치 육수에 소면을 담아 건네주는 노점들이 모여 있었다. 모두 비슷해 보였지만, 엄마는 그중에서도 가장 맛있는 국숫집을 알았다. 엄마는 의자에 앉아서야 환한 표정으로 나를 보았다. 아이구, 착하다. 엄마는 내 이마를 훔치며 말했다. 안심이 됐다. 엄마는 떠나지 않을 것이다. 따뜻하고 맛있는 국물 냄새와 훈기…… 그런 것들에 마음이 놓였다.

엄마는 준비해온 음식이 쉴까 걱정했다. 특히 생선을 걱정하는 것 같았다. 다른 것들은 모두 트렁크에 두었으면서도 생선이 든 봉지만큼은 들고 조수석에 탔다. 엄마는 무릎 위에 놓인 검은 봉지를 가만히 놔두지 못했다. 에어컨 바람을 맡게 하려고 만질 때마다 바스락거렸고, 그럴 때마다 열어둔 봉지에서 냄새가 났다.

"괜찮아. 그렇게 빨리 안 쉬어요."

현수는 산 입구로 들어가는 국도를 타면서 부드럽게 말했다. 현수는 엄마가 이곳 산에 가서 기도하고 싶다는 말을 듣자마자 산 위에 있는 커다란 부처상을 생각했다. 높은 산 위에 있는 커다란 부처상. 신기하게도 이곳에는 평평한 돌을 머리에 얹은 채 가부좌를 틀고 있는 부처상이 있었다. 그 돌을 두고 갓과 비슷하다고 해서 갓바위라고 불렀다. 갓바위에 소원을 빌면 평생의 한 가지 소원을 들어준다고 했고, 그 판석 모양이 학사모와 닮아서 특히 학업에 관한 소원을 잘 들어준다는 말이 있었다. 하지만 엄마는 거기가 아니라고 했다. 평생 한 가지 소원을 들어주는 곳. 마땅히 그곳에 가서 나의 명복을, 나의 평안을 빌 것으로 생각했던 현수는 조금 당황했다. 그럼 어디? 현수가 잠시 길을 헤매자 엄마는 이대로 죽 올라가다 보면 잠시 후 자기가 길을 알려주겠다고 했다. 현수와 엄마는 말없이 분위기 좋은 카페를, 오리나 닭백숙집을, 그리고 궁전을 본떠서 지은 조악한 형태의 모텔을 지나쳤다.

"그러고 보니 나는 한 번도 갓바위에 가본 적이 없어."

현수는 여기서 태어나 한 번도 다른 곳에서 살아본 적이 없었다. 학창 시절을 보낸 것은 물론 직장 생활, 신혼 생활까지 이곳에서 해왔고, 앞으로도 별다른 일이 없는 한 이곳에서 살 계획이었다. 그런데 단 한 번도 갓바위에 가본 적이 없다는 게 새삼스러웠다. 그래? 나중에 정연이하고 가 봐. 엄마는 어디로 가야 하는지 찾기 위해 창밖을 살피더니 불쑥 말을 꺼냈다.

"나는 너 재수 때 가봤어."

"나 재수 때?"

"응."

현수는 잠깐 말이 없었다. 현수는 공부를 잘하는 편이 아니었다. 재수를 결정하는 것도 많은 고민이 필요한 일이었다. 하지만 노력 끝에 간신히 원하는 대학에 갈 수 있었다.

"누나 수능 때는 안 갔어?"

어휴. 엄마는 지금도 생각난다는 듯 얼굴을 찌푸렸다.

"걔야 공부를 잘했으니까. 굳이 그런 데 갈 필요가 없어서 안 간 건데, 왜 자기 때는 안 가고 너만 기도해주냐고 말이 많았지."

엄마는 아들이라서 현수를 특별 대우하거나 그런 것은 아니었다고 했다. 그런데도 내가 서운해하더라고 말했다. 현수는 알 것 같다는 얼굴로 고개를 끄덕였다. 살아 있는 동안 나는 엄마와 자주 다퉜다. 주로 아주 사소한 것, 당사자가 기억할 수도 없는 말 한마디 같은 것을 두고 싸웠다. 나는 별거 아닌 일에도 여러 번 곱씹으며 과장해서 해석하고 눈물이 날 만큼 서운해했다. 그렇다고 울기는 싫어서 언성을 높이고 다시는 안 볼 것처럼 오랫동안 연락을 끊었다. 엄마가 아무 생각 없이 무심코 하는 행동이라는 것을 알면서도 그냥 넘길 수 없었다. 어쩌면 아무 생각이 없었다는 것에 더 화가 났던 건지도 몰랐다. 결국 지치고 힘들 정도로 오랫동안 그것을 마음에 품고 있다가 혼자 있는 밤이면 조용히 눈물을 흘렸다. 아마 엄마도 나처럼 그런 시간을 보냈을 터였다. 현수는 그런 모녀 사이를 이해할 수 없다고 했다. 두 번다시 안 볼 것처럼 그러다가도 아무 일 없던 것처럼 또다시 얼굴을 마주하는 게 이상하다고 했다.

"그래도 나는 걔를 믿으니까."

믿었으니까. 엄마는 바로 옆에 있는 현수에게 하는 말이 아니라 혼잣말처럼 중얼거렸다. 현수는 찡그렸던 콧잔등을 풀었다. 여전히 자신은 알 수 없는 사이라고 생각하는지도 몰랐다. 현수는 복잡한 얼굴이었다.

"그러고 보니 누나가 그랬어. 서울 사람도 다 남산 타워에 가지는 않는다고."

그래? 엄마는 아까처럼 다시 웃었다. 현수도 엄마를 따라
웃었다. 하지만 이내 길을 찾은 엄마가 여기다 하고 가르쳐
준 곳으로 급하게 운전대를 꺾으며 다시 운전에 집중했다.

좁고 포장되지 않는 산길을 따라가니 조그마한 집이 나왔
다. 이런 곳에도 집이 있는 게 신기해서 의아하게 보고 있는
데 누군가 손을 흔들고 있는 게 보였다. 여자와 남자. 그 둘
은 모두 나이가 많아 보였고, 현수와 엄마를 아주 오랜 시간
기다린 듯했다. 두 사람 모두 환하게 웃고 있었다.

"언니."

엄마보다 나이가 많아 보였는데 여자는 엄마를 그렇게 불
렀다. 둘은 사이가 친밀한 듯 보였다. 옆에 있던 남자는 여
자의 남동생으로, 허리가 굽어 있어 여자보다 머리 하나가
작았다. 그는 한마디도 하지 않았지만 계속해서 웃고 있었
다. 엄마는 여기가 절이라고 했다. 절? 현수는 아무리 봐도
보통의 단독 주택으로 보이는 이곳이 절이라는 것을 믿을
수 없는 것 같았다. 집 안으로 들어가자 향냄새가 진동했고,
벽에 걸려 있는 그림들이나, 초들, 형형색색의 화려한 한복
들이 수상한 냄새를 풍겼다. 엄밀히 말하면 이곳은 절보다
는 굿당으로 보이는 곳이었다. 현수는 당황했지만 내색하지
않았다.

나는 질색했다. 병원에 있을 때도 엄마가 그런 곳에 다닌다는 것을 못마땅하게 생각했다. 베개 안에서 부적을 발견하고 소름이 끼친 적도 있었다. 그 일로 엄마와 말다툼을 하다가 나도 모르게 날선 말을 내뱉었다.

"나쁜 년."

엄마는 그렇게 말했다. 너는 너밖에 모르는 년이야.

그 후 한동안 엄마는 찾아오지 않았다. 현수는 나와 엄마, 둘 사이에서 난감해했다. 엄마를 타이르다가, 엄마의 눈물을 보았고, 속이 상해 나에게 한소리를 했다.

"솔직히 누나가 좀 그런 구석이 있잖아."

"뭐?"

"자기밖에 모르는 거 말이야."

현수는 내가 서울에서 살기로 마음먹은 것을 이해하지 못했다. 집안 형편을 알면서도 서울에 있는 대학에 진학했고, 직장에 다니면서도 엄마에게서 여러 번 도움을 받았다. 그런데도 항상 불만이 많았다. 이곳으로 이직할 기회가 몇 번이나 있었는데도 그러지 않았다. 훨씬 더 처우도 좋고, 결과적으로 나에게 좋은 일이 될 텐데도 나는 꿈쩍도 하지 않았다. 1년 내내 한 번도 내려오지 않은 적도 있었다. 홀로 남겨진 엄마가 외로워한다는 것을 알면서도 그랬다. 그런 점들을 떠나서도 그래. 지금도 누나는 누나만 생각하잖아. 나중

186

에 현수는 내가 혼자 살던 방에 있던 물건들을 버리고 치우면서 그런 말을 한 것을 후회했다. 그러지 말걸. 뒤늦게 후회하고 오랫동안 마음 아파했다.

"엄마."

현수는 여자와 함께 제단에 부지런히 음식을 올려두는 엄마를 불렀다.

"왜?"

아니야. 아무것도. 현수는 다시 물끄러미 바쁘게 움직이는 두 여자를 지켜보았다.

한복을 입거나 굿을 할 줄 알았는데, 여자는 입고 있던 등산복을 그대로 입은 채 두 손을 모아 축문을 외웠다. 여자가 기도문을 한참 동안 읊다가 잠시 쉬면, 그 옆에 앉아 있던 여자의 남동생이 말을 받아 기도문을 읊기 시작했다. 엄마는 말없이 그들을 따라 손을 모으거나, 절을 했다. 현수도 그런 엄마를 따라 어색하게 절을 했다. 힘들면 그냥 앉아 있어도 돼. 현수는 오히려 나이가 많은 엄마가 힘들지 않을까 싶었지만 엄마는 아무렇지도 않은 것 같았다. 현수와 엄마, 여자와 남자는 꽤 오랫동안 절을 했다. 현수는 슬그머니 엄마가 울고 있을까 봐 엄마의 옆모습을 훔쳐보았다. 하지만 엄마는 담담한 얼굴이었다. 화가 난 사람처럼 보이기도 했다. 엄

마는 무덤덤하게 절을 하고, 눈을 감은 채 무언가를 속삭였
다. 오히려 현수가 이런저런 생각에 머릿속이 복잡한 듯 자
주 한숨을 쉬고 얼굴을 일그러뜨렸다. 잠깐이면 끝날 줄 알
았던 기도는 한 시간 넘게 이어졌다. 현수는 지쳤지만, 엄마
는 땀을 흘려 조금 더워 했을 뿐 처음 모습 그대로였다.

기도 후 그들은 늦은 점심을 먹었다. 남자가 긴 교자상을
들고 들어왔다. 우리 동생이 밥을 참 잘해요. 여자는 자랑하
는 것처럼 현수에게 말했다. 남자는 그 말에 수줍은 듯 웃었
다. 그들은 솥에 지었다는 밥과 제단에 올려두었던 음식을
찬으로 나누어 먹었다. 나물이나 다른 반찬은 이곳에서 준
비한 것 같았다. 왜 엄마가 음식을 조금만 가져왔는지 알 수
있었다. 반찬의 종류가 적었지만 모두 배부르게 먹었고, 남
긴 음식은 없었다. 특히 엄마가 걱정하던 생선을 모두 맛있
게 먹었다. 후식으로는 엄마가 가져온 사과와 배를 먹기로
했다.

"언니, 내가 할게요."

여자가 엄마의 손에서 과도를 받아 자리를 잡고 과일을
깎았다. 과일이 커서 맛있겠다고 했지만 정작 맛이 없었는
지 모두 한 입씩 먹고는 더는 먹지 않았다.

"얘가 애살이 많아."

엄마는 초점 없는 눈으로 어느 한 곳을 보다가 불쑥 말했다. 현수를 두고 말하는 게 아니라 나를 두고 하는 말이었다. 어릴 때 순하고 착했던 나는 욕심이 많은, 성마른 구석이 있는 청소년으로 자라나 있었다. 어느 순간부터 이곳이 아닌 다른 지역에서 살고 싶다는 바람이 있었고, 멀지만 좋은 학군으로 유명한 다른 동네 학원을 다녔을 정도로 공부 욕심이 있었다. 말하지 않아도 알아서 무엇이든 자기 할 일을 묵묵히 하는 아이였다고도 했다.

"엄마를 닮았나 보다."

여자는 사과 조각을 하나 집어 엄마 앞에 놓아주었다.

"언니도 그렇잖아요. 열심히 살았잖아. 묵묵히."

그런가? 엄마는 사과를 집으며 웃었다.

"그런데 우리 딸은 나처럼 살기 싫다고 하더라고."

짧지만 어색하게 침묵이 감돌았다.

"뭐가 그렇게 싫었을까."

엄마는 골똘히 생각하듯 말했다.

"뭐가 그렇게 여기가 싫었을까."

엄마는 창밖으로 먼 산의 우듬지를 바라보았다.

엄마는 자꾸만 나에게 못 해준 일들이 생각난다고 했다. 병원에서 자주 다투었던 것이나, 건강에 좋지 않을까 봐 먹고 싶던 음식을 못 먹게 한 것, 답답하다고 하는데도 혼자서 산책하러 나가지 못하게 한 것도 마음에 걸린다고 했다. 그렇게 점점 더 예전으로 거슬러 올라가 생각은 눈덩이처럼 불어났다. 더 도와주지 못해 서울에서 그런 작은 집에 살게 한 것이나, 가끔 집에 오면 창고처럼 변한 내 방에서 잠을 재운 것도 미안하다고 했다.

"밀린 잠을 자는 건지. 정말 며칠씩 누가 업어가도 모를 것처럼 잠만 자다가 갔어."

듣고 있던 현수가, 엄마도 그렇다고, 둘의 잠버릇이 비슷하다고 했다. 그래? 엄마는 처음 듣는다는 듯이 말했다. 하지만 눈에 초점이 없고 여전히 멍한 얼굴이었다. 현수가 무슨 말을 했는지 알아듣기는 한 걸까. 현수는 걱정스러운 얼굴로 엄마를 살폈다.

"이따금 문을 열면 걔가 자고 있을 것 같아."

현수의 얼굴이 굳었다.

"지금도 현주가 여기 있는 것 같아."

"엄마."

현수가 화를 참는 목소리로 엄마를 불렀다.

"그만해."

현수가 무뚝뚝하게 말하자, 여자와 남자가 어쩔 줄 모르는 얼굴로 이쪽을 보았다.

나는 답답하고 익숙한 이곳을 벗어나고 싶었을 뿐이었다. 여름이면 숨이 턱턱 막힐 정도로 무덥고, 매미 소리가 귓속을 따갑게 울리는 도시. 유난히 가로수가 많은 곳. 다정하지만 화난 것 같은 말투를 쓰는 사람들, 유일한 시내, 몇 다리만 건너면 서로 아는 인간관계. 잔잔한 연못, 소풍의 단골 장소인 도시 중앙의 타워 랜드. 나는 나를 모르는 곳으로 가고 싶었다. 이곳이 답답하고 싫었다. 조금 다른 삶을 살아보고 싶었다. 그게 구체적으로 무엇인지 모르면서도 그랬다. 정작 떠나고 싶어 하던 사람은 엄마였는데, 어느 순간부터는 내가 그런 얼굴을 하고 있었다. 엄마는 그런 나를 이해하고 응원해주면서도 조금 서글픈 얼굴로 나를 봤다.

나는 그것을 알았다.

포기.

체념.

그리고 그 이유가 바로 나 때문이라는 것도 알았다.

너희만 크면, 너희가 다 크고 나면 떠나서 다른 삶을 살겠다는 젊은 시절의 엄마를 보는 편이 나았다.

미안하지만, 나는 엄마처럼은 살기 싫어.

그런 말을 했을 때 엄마가 웃었던가? 아니면 슬픈 얼굴이었나?

하지만 엄마가 나에게 그런 것을 가르쳐줬잖아.

벗어나고 싶은 마음.

어디로든.

조금이라도.

기억나지 않아?

"언니, 다음에 만나."

"그래."

"전화하고."

엄마는 여자가 여러 봉지에 나눠서 담은 떡과 과일을 받
았다. 이번에는 그것을 들고 조수석에 탔다. 처음 맞이할 때
처럼 그들은 현수와 엄마에게 손을 흔들었다. 현수는 다시
말이 없었다. 다음에는 혼자서 오겠다는 엄마의 말에 괜찮
아요, 다음에도 같이 오지 뭐, 하고 대답했다. 아까 자신이
화낸 것이 마음에 걸렸는지, 이대로 드라이브라도 할까, 전
망대에 가보거나 아니면 오는 길에 본 분위기 좋은 카페에
서 시원한 커피를 마셔도 좋지 않을까 물었다. 하지만 엄마
는 말없이 고개를 저었다.

"그래요, 그럼."

현수는 다시 왔던 길을 되짚어가며 내려갔다. 하지만 좀
처럼 이 길이 맞는지 확신할 수 없어 했다. 내려가는 길은

맞는 것 같은데, 이상하게 아까 타고 올라왔던 길이 아닌 것 같기도 했다. 산길은 비슷했고, 정오가 한참 지났는데도 더위는 좀처럼 식지 않았다. 현수는 옆자리에 있는 엄마에게 물어보고 싶어 했지만, 엄마는 어느새 잠들어 있었다. 창밖으로 산속의 푸르른 녹음이 계속해서 지나가고 있었다.

나는 잠든 엄마를, 그리고 여전히 굳은 얼굴로 앞만 보는 현수를 보다, 창밖의 경치를 구경했다. 한여름의 쨍한 햇살에 풀과 나무가 무서운 속도로 자라고 있었다. 저런 곳에 있다면 무엇이든 녹아버리고 사라져버릴 것 같았다. 보기만 해도 숨이 막혔다. 나는 진저리를 치며 다시 엄마와 현수를 보았다. 어느새 엄마는 다른 방향으로 고개를 돌린 채 잠들어 있었고 현수는 망설이면서 다른 길로 접어들었다. 그 모습을 지켜보다 문득 왜 내가 이곳에 있는 것인지 궁금해졌다.

왜 나는 아직 이곳일까.

왜 이곳에 마음을 두고 있을까.

그리고 왜 그 마음을 항상 저버릴 수 없었을까.

차마.

왜.

이 마음은 대체 무엇일까 하고 생각하고 있을 때쯤, 현수는 이제야 맞는 길을 찾은 것 같았다. 다행이야. 현수는 엄마가 깨지 않도록 낮은 목소리로 중얼거렸다. 잠시 후 저 멀리서 조금씩 익숙한 풍경이 다가오기 시작했다. 우리는 무표정한 얼굴로 말없이 그 풍경을 마주할 뿐이었다.

우리가 떠난 자리에

선재는 약속 시간보다 조금 늦게 도착했다. 그것은 선재의 단점이었다. 사귀는 내내 나는 선재를 기다릴 때가 많았다. 한번은 아주 추운 겨울 대학로에 하염없이 서 있기도 했다. 크리스마스였던 것 같은데, 케이크 상자를 들고 지나가는 사람들 사이에 혼자 우뚝 서서 코를 훌쩍이며 그를 기다렸다. 카페나 패스트푸드점에 앉아 있을 수도 있었지만 조금이라도 빨리 만나고 싶어 그냥 그곳에 서 있었다. 나중에 늦게 온 선재가 얼굴을 가까이 들이밀더니 미안해하며 내 속눈썹이 얼어 있다고 말해주었다. 그때는 그런 것들이 좋았다.

하지만 선재의 단점은 그것만 있는 게 아니었다. 나는 선재의 손을 살피다가 물었다.

"뭐야."

"뭐가."

"왜 없어."

선재는 우리가 함께 살던 집에서 먼저 이사를 나가면서 내 턴테이블을 가져갔다. 이번에 만날 때 가져다주기로 했으면서 까맣게 잊어버린 것 같았다. 선재는 가방을 내려놓으며 얼굴을 찡그렸다. 그러더니 이내 아, 하고 머리를 긁적였다.

"미안해. 다음에 내가 보내줄게."

"됐어."

나는 그것을 사기 위해 석 달 동안 돈을 모았다. 지금 당장 눈을 감으면 그 나무 테이블을 한참 매만져야만 알 수 있는, 눈에 보이지 않는 아주 작은 흠집까지 떠올릴 수 있을 것 같았다.

"너 가져."

선재는 미안한 듯 우물쭈물했다.

"진짜 괜찮으니까."

나는 입을 다물었다. 그리고 다시 한번 힘주어 말했다.

"너 가져."

선재는 화난 사람처럼 입을 꾹 다문 채 아무런 말도 하지 않았다.

　우리는 서로의 근황을 물었다. 그는 파주에 있는 영어 학원의 강사 자리를 구했다고 했다. 원장은 같은 건물에 있는 월세방에서 공과금만 내고 지낼 수 있도록 해주었다. 바로 아래층이 학원이라 계단을 시끄럽게 올라오는 초등학생들의 소리가 웅웅 울린다고 했다. 돈을 모으기 좋은 환경이니까 금방 조금 더 나은 곳으로 옮길 수 있을 거라 했다. 선재는 언제나 긍정적인 면을 볼 줄 알았다. 잠시 후 그는 내가 어떻게 지내고 있는지 물었다. 하지만 나는 그대로였다. 선재가 없는 집에서 먹고 자며 글을 썼고, 금주를 실천하고 있었다. 복근 운동도 열심히 했다. 그러다 새로운 집을 구했다. 퇴사한 지 오래돼서 남은 돈이 얼마 없었지만 적금을 담보로 돈을 좀 빌릴 수 있었다. 하지만 그 집은 이곳에 비하면 별로 마음에 들지 않는다는 사실까진 말하지 않았다.

　"와."

　문득 선재는 고개를 들어 주위를 살폈다.

　"이제 정말 아무것도 없네."

　대부분의 짐과 가구조차 없는 곳에서 우리는 서로의 얼굴을 마주 보고 있었다. 잠시 후 바닥에 오래 앉아 있어서 허리가 아프다며 선재는 벽에 등을 기댔다.

우리는 이 집을 치우기 위해 만났다. 집주인은 아무런 흔적도 없이 말끔하게 해놓고 떠나가기를 바랐다. 누가 오랫동안 살았던 흔적 없이. 처음의 모습 그대로. 계약서에 임차인의 원상 복구에 대한 항목이 있다고 했다. 6년 전 일이라 그때 그런 조건을 보았는지 기억나지 않았다. 선재가 먼저 짐을 빼고, 내가 남은 것들을 옮기는 날, 그녀는 위층에서 내려와 어수선한 모습을 지켜보았다. 품속에는 늘 안고 다니던 시츄 한 마리가 있었다. 나는 좀 못마땅했다. 감시나 점검 같은 시선을 느꼈기 때문이었다. 그동안 그녀는 편한 집주인이 아니었다. 우리는 아주 오래전부터 강아지나 고양이를 한 마리 기르고 싶었는데, 완강한 그녀의 반대 때문에 어쩔 수 없이 포기해야 했다. 그녀는 자신 외에 세입자들이 하나둘씩 키우기 시작하면 건물이 더러워진다며 손사래를 쳤다. 계약서에도 그러한 조건은 없었고, 어디에도 그럴 권리는 없었지만, 그녀는 계속해서 신신당부했다. 언젠가 우연히 복도에서 마주쳤을 때 고양이 오줌 냄새라든가, 강아지의 헛짖음 같은 이야기를 한 적도 있었다.

"그러고 보니 그 할머니가 기르는 애가 짖는 걸 본 적이 없네."

선재는 청소 도구를 꺼내며 말했다. 그러게. 나는 현관문을 열어둔 사이 계단을 타고 내려와 이쪽을 바라보던 녀석이 떠올랐다. 시선이 마주쳤는데도 조금도 경계하는 기색이 없었다. 집요하고 욕심이 많은 얼굴이군. 한참 동안 마주 보며 나는 그런 생각을 했다. 잠시 후 자신의 이름을 부르는 소리가 들리자 녀석은 무심히 고개를 돌려 다시 위층으로 올라갔다.

선재는 신발장에서 문구용 칼을 찾아 마른 수건을 반으로 북 잘랐다. 그러고는 자신이 이곳저곳을 쓸 테니 자신이 지나간 자리를 닦으라고 했다. 계속해서 허리를 굽혔다 펴는 것보다는 그편이 나을 거라고 했다. 한동안 말없이 거실과 부엌을, 그리고 우리가 함께 쓰던 침실을 쓸고 닦았다. 언제부턴가 서로 역할을 바꿨다가 다시 본래의 역할로 돌아가기도 했다. 한참 동안 집중하느라 창문 너머로 오후의 해가 점점 길게 번져가는 것도 몰랐다. 이제 조금 쉬자. 가까이 다가가니 선재는 내가 하는 말도 못 듣고 열심히 책장을 뒀던 구석을 닦고 있었다. 뒷덜미에는 땀이 배어 있었다. 익숙한 선재의 냄새가 점점 짙어져서 기분이 조금 이상했지만 애써 아무렇지 않은 척 헛기침을 했다.

우리는 창문을 좀더 크게 열어두고 해가 지는 모습을 구경했다. 처음 이 집을 보러 왔을 때부터 나는 이곳이 무척 마음에 들었다. 창문 너머로 펼쳐지는 녹음 때문이었다. 북한산 자락을 타고 이어 오는 야트막한 산이 가까이 있어서 푸른 풍경이 펼쳐져 있었다. 숲 같아. 나는 이 집에 들어오면 가장 먼저 보이는 거실의 창을 보며 감탄했다. 커다란 느티나무가 앞을 조금 가렸지만, 그 뒤로 보이는 것들이 무척 마음에 들었다. 창문을 여니 한결 더 짙은 풀 냄새가 났다. 우리는 함께 숨을 들이마시면서 이곳에 살 결심을 굳혔다.

처음에는 운이 좋았다고 생각했다. 서울에 이렇게 공기가 깨끗한 곳이 있다는 게 믿기지 않았다. 게다가 산책로도 있어서 퇴근 후 종종 그곳으로 산책을 가기도 했는데, 별로 유명하지 않은 산이라 갈 때마다 늘 조용하고 한적했다. 산이 가까이에 있는 덕분에 남들보다 조금 이르게 계절을 알아차렸다. 초여름이 오기 전부터 집 안에는 아카시아 냄새가 진동했다. 우리는 잠이 오지 않는 밤이면 소파에 나란히 앉아 아까시나무들을 구경하며 밤을 새웠다. 가로등 빛에 하얗게 반사되면서 조금씩, 조금씩 흔들리는 아카시아꽃을 보면서 따뜻한 술을 홀짝홀짝 마셨다.

하지만 단점도 있었다. 창문을 꼭 닫아두었는데도 집 안이 온통 송진이나 꽃가루로 뒤덮이거나, 귀가 아플 만큼 들리던 개구리와 풀벌레 소리, 간혹가다 몇 시간씩 지치지 않고 울던 길고양이들의 울음소리, 그리고……

"그러고 보니."

선재는 이 집에 대한 이야기를 나누다가 생각났다는 듯

일어서서 벽지를 훑었다.

"이렇게 누렇게 된 건 우리 탓이 아닌데. 이것 갖고도 뭐라고 하려나."

나는 도배 정도는 집주인이 해야 한다고 답하면서도 내심 걱정스러웠다. 그녀가 주문하던 것이 떠올랐다. 누가 오랫동안 살았던 흔적 없이. 처음의 모습 그대로. 하지만 산을 타고 오는 것들 때문에 이렇게 된 것인데, 도배까지 해야 한다면 너무 억울할 것 같았다. 봄만 되면 드러난 피부 위로 포자가 닿는 것 같은 따뜻한 바람이 불었다. 눈을 떠도 뭐가 끼인 것처럼 빽빽한 느낌이 가시지 않았다. 나는 괜찮았지만 선재는 알레르기가 있어서 꽤나 고생했다. 꽤 오랫동안 약을 먹는 것 같더니 어느 순간부터 거짓말처럼 괜찮아진 것 같았다.

"그때 많이 힘들었지?"

나는 코를 푼 휴지를 집어넣기 위해 발로 쓰레기통을 누르던 그를 떠올렸다. 별로. 선재는 머리를 넘기며 대수롭지 않게 말했다.

"네가 좋다고 했으니까, 그 정도쯤은 얼마든지 참을 수 있었어. 그리고 나중엔 진짜로 적응이 돼서 아무렇지도 않았고."

그러니까, 다 괜찮았어. 선재는 내 눈을 피하며 말했다.

선재의 말대로 우리는 이곳에 적응하며 살았다. 이른 아침부터 시작되는 새들의 시끄러운 지저귐을 꾹 참으며 주밀에는 늦잠을 잤고, 느티나무 가지가 자라 창문을 가려도 손을 뻗어 잎을 조금씩 잘라가며 햇빛을 찾았다. 복슬복슬한 동물을 못 기르는 대신 허브를 사다가 기르기도 했다. 토마토는 싹을 틔웠지만 햇빛을 듬뿍 받지 못해 죽어버렸다. 그 후로 나는 집 안 곳곳에 햇빛을 찾아다니며 화분을 옮겨가며 식물을 길렀다.

문제는 무언가 자꾸만 집 안으로 들어오려고 한다는 것이었다. 꽃가루나 나뭇가지 같은 식물뿐만이 아니었다. 한여름이면 방충망 가득 자그마한 까만 벌레들이 들러붙어 있었다. 일제히 이쪽을 보고 있는 녀석들을 보면 소름이 돋았다. 그중 몇몇은 컸고, 날개까지 달려 있었다. 창문을 닫으려고 하면 마치 화가 난다는 듯 웅웅거리는 소리를 들을 수 있었다. 겨울이 되면 나아질 거라고 생각했지만, 한겨울에도 작은 벌레들이 있다는 것을 알게 되었다. 바깥에 있는 것들은 필사적이었다. 조금 더 환한 곳으로, 그리고 조금이라도 더 따뜻한 곳으로. 비둘기나 참새가 호시탐탐 이쪽을 바라보고 있으면 선재나 나는 큰 소리를 내며 손바닥을 치거나 발을 구르면서 녀석들을 멀리 내쫓았다. 하지만 빗방울이 튀는 소리를 들으면서 잠이 들거나, 직접 기른 바질을 넣은 파스타를 저녁으로 해 먹으면서 우리는 이만한 곳이면 계속해서 살아도 괜찮을 것 같다는 이야기를 나누기도 했다.

그러다 근처에서 개발을 하는 건지, 한동안 산을 태우는 매운 냄새가 끊이지를 않았다. 바로 눈앞에서 불길에 휩싸인 모습이나 연기를 보지는 못했지만, 매캐한 냄새가 계속해서 나는 일로 보아 아주 가까운 곳에서 무언가가 오랫동안 타 들어가고 있다는 것을 알 수 있었다. 그 시기 나는 좀 우울해져서 괜히 선재에게 날카롭게 대했었는데, 별것도 아닌 일로 날을 세우고 화를 내는 식이었다. 그때마다 선재가 많이 참아주었다. 문제는 그가 견디는 모습이랄까. 아무리 날카로운 말을 들어도 눈을 감고 다 참아내겠다는 듯 인내하는 모습이 보기 싫었다. 그런 태도는 진짜 괜찮은 게 아니라 그냥 다 상관없다는 것 아닌가, 라는 생각이 들었고, 실제로 선재는 답답할 정도로 뭉그적거리며 무엇이든 미적지근하게 대했다. 결과적으로 그가 내 말을 듣고 있지 않다는 것을 확인할 때가 많았다. 며칠 동안 집 안 공기가 미묘하게 흘렀다.

"이것 좀 봐봐."

주말 아침 선재는 무언가를 발견했다며 나를 깨웠다. 들떠 보이는 그를 따라가니 베란다 실외기 뒤에 조그만 알이

세 개나 있었다. 이게 뭘까. 우리는 오랜만에 서로 머리를 맞대고 검색을 거듭했다. 찾아보니 요즘 새들은 정말 상상도 못 할 곳에 알을 낳았다. 도심 한복판 고층 빌딩이나 전봇대, 네온사인 위에 둥지를 틀기도 했다. 아무래도 불타고 있는 산보다는 우리 집이 훨씬 더 안전하다고 생각한 모양이었다. 게다가 먼지가 많은 곳이라 알을 낳고 새끼를 보호하기에 알맞은 장소처럼 보였던 것 같았다. 결국 한참을 기다린 끝에 그날 오후 비둘기 한 쌍이 날아오는 것을 보고 비둘기 알이라는 것을 알았다. 3주 후 세 개 중 두 개만 부화했는데, 솔직히 새끼 동물 중 가장 못생긴 축에 들 것 같았다. 눈도 뜨지 못하고 깃털도 없는 벌건 새끼들을 보며 선재와 나는 징그럽다고 속삭였다. 하지만 조금은 기쁜 마음도 있었다.

새들은 더디게 자랐다. 아무래도 부화 시기를 잘못 잡은 탓인 것 같았다. 어미가 적절한 곳을 찾느라 그런 것인지, 참고 참다 봄이 아닌 여름에 알을 낳아서 한창 자라고 있는 시기와 무더위가 맞물렸다. 선재는 정면으로 쬐는 햇빛을 피할 수 있도록 상자로 가림막을 만들어주었다. 그늘 속에서 새끼들은 서로에게 몸을 기댄 채 가만히 있었다. 그 모습이 귀여워서 선재와 나는 웃음을 터뜨렸다. 우리는 새끼들이 더위를 이기고 무사히 자라 날아갔으면 좋겠다고 했다. 하지만 결국 그러지 못했다. 퇴근 후 집에 와보니, 먼저 집에 온 선재가 불도 켜지 않고 가방을 든 채 셔츠 차림으로 우두 커니 베란다를 보고 있었다. 새끼들은 보이지 않고 지저분 하고 불그스름한 자국이 남아 있었다. 산에서 온 야생동물, 그러니까 매같이 큰 새나 삵, 혹은 길고양이에게 잡아먹힌 것 같았다. 그다지 높은 층이 아니었고, 먹이를 구하는 게 점 점 어려워졌을 테니까, 녀석들이 필사적으로 다세대주택인 이곳까지 올라온 것 같았다. 우리는 착잡한 심정으로 남겨 진 깃털 같은 잔해를 치웠다.

"너 때문이야."

나는 원망 섞인 눈으로 선재의 등을 때렸다. 괜히 그런 걸 만들어가지고. 천적이 나타나면 안쪽으로 몸을 피해 숨을 수 있었을 텐데, 상자 때문에 그럴 수 없었다고 생각했다. 선 재는 내가 그러고 있는 동안 무표정한 얼굴로 가만히 있었 다. 또 한동안 서로 등을 돌린 채 잠들었다. 그 후로 똑같은 비둘기인지는 모르겠지만 한 쌍이 정확히 같은 곳으로 날아 왔는데 그때마다 나는 필사적으로 비둘기를 내쫓기 위해 더 크게 소리를 지르고 발을 굴렀다.

"벌써 해가 졌네."

선재는 이제 주위가 제법 어둑해졌다고 말했다. 그러게.

나는 남은 것들이 얼마나 있는지 확인해보았다. 깨끗이 쓸고 닦았으니 이만하면 괜찮을 거라고 생각했지만 또다시 트집이 잡힐까 봐 꼼꼼히 확인했다. 우리가 이곳에 살았다는 흔적이라고는 다 죽어버린 화분 두 개뿐이었다. 이제 아무것도 없었다. 나는 처음 보는 낯선 풍경 때문에 좀 어리둥절했다. 우리가 이렇게 넓은 곳에서 살았다는 게 믿기지 않았다. 거실과 부엌의 끝과 끝이 멀게만 느껴졌다. 처음 이사 왔을 때도 이런 풍경이었는지 떠올려보고 싶었지만 기억나지 않았다.

일주일 전 약속을 정할 때만 해도 선재와 저녁 한 끼 정도는 먹고 헤어져야지, 하고 마음먹었지만 이상하게도 지금은 배가 고프지 않았다. 그냥 이대로 화분을 하나씩 나눠 들고 악수를 한 후 가볍게 헤어지고 싶었다.

"우리 이 집에서 정말 오래 살았다."

"그러게."

나는 건성으로 대꾸하며 고개를 끄덕였다. 새삼 이제 와서 왜 저런 말을 할까 싶었다.

"정말 많은 일들이 있었는데."

순간 선재가 우리 다시 시작하자 같은 말을 할까 봐 조마조마했다.

"어쨌든 이제 정말 다 끝났네."

선재는 아무렇지 않게 말한 뒤 으차 소리를 내며 화분 쪽으로 허리를 숙였다. 그리고 한참 동안 일어서지 않고 화분을 바라보았다. 뭐가 있기라도 한 것처럼 뚫어지게 무언가를 쳐다보았다. 하지만 내 눈에는 그저 다 죽어서 말라비틀어진 고무나무 줄기만 보일 뿐이었다.

"뭐가 있어?"

선재는 대답 없이 숨소리만 냈다. 무언가를 보기에는 지금 너무 어둡지 않나, 라는 생각이 들었다. 나는 조심스럽게 그의 곁에 다가갔다.

"이것 좀 봐."

그는 속삭이면서 고무나무를 가리켰다.

"아무것도 안 보여."

나는 시력이 좋지 않았다. 눈을 찡그리면서 선재가 가리킨 쪽을 바라보았지만 아무것도 보이지 않았다. 불을 좀 켜면 안 되냐는 말에, 선재는 그럼 도망갈 것이라고 했다. 그 무언가가 살아 움직이는 것이라는 것을 듣자, 그제야 어둠 속에서 꿈틀거리는 윤곽이 보였다. 썩은 고무나무에 깊게 팬 홈 안에 무언가가 다리를 쉴 새 없이 움직이고 있었다. 거미였다.

"얘 여기서 사는 것 같은데."

선재는 조심스럽게 거미를 향해 손을 뻗었다. 거미는 움찔하고 몸을 뒤쪽으로 빼더니 그의 손길을 피했다. 하지만 선재는 집요하게 거미를 향해 손을 내밀었다. 그러지 마. 나는 선재를 말렸다.

"괜찮아, 잠시만. 아주 잠시만……"

선재는 가만히 손가락을 뻗은 채 기다렸고, 결국 거미는 조심스럽게 그의 손 위로 올라탔다. 그러고는 자신이 지금 어디에 있는지 가늠하는 것처럼 쉴 새 없이 다리를 더듬거렸다. 처음에는 징그러움 때문에 온몸이 굳는 것 같았지만, 선재가 아무렇지 않게 거미를 다루는 모습을 보자 차츰 신기한 마음이 들었다.

"너 눈도 좋다."

"눈은 애가 좋지."

선재는 어디서 읽었는데, 거미가 눈이 여덟 개라 밤하늘의 별자리를 읽는다고 했다. 그리고 인간처럼 허파로 숨을 쉰다는 것도. 개의 후각만큼은 아니지만 냄새를 맡을 수도 있다고 했다. 그는 한참 동안 거미에 대해 두서없이 이런저런 소리를 늘어놓다가 입을 다물었다. 잠시 후 그는 조심스럽게 거미를 다시 화분 위로 내려주었다. 거미는 빠르게 다시 자기 집으로 기어 올라갔다.

"신기하다."

"그러게."

그 후로 우리는 한참 동안 같은 곳을 바라보았다. 시야가 차츰 어둠 속에서 익숙해져갔다. 하지만 선재와 나는 가만히 앉아 일어나지 않았다. 그리고 지금 같은 마음으로, 그러니까 이곳에 다른 무언가가 더 있지 않을까,라는 마음으로 무언가를 기다리고 있다는 것을 깨달았다. 마치 기다렸다는 듯 우리 모르게 숨어 있는 것들이 모두 나오는 순간을, 우리는 계속해서 간절히 기다리고 있었다.

그날 이후, 우리는

이소
(문학평론가)

1

  언제나 우리에게 가장 중요한 문제는 '우리'일 수밖에 없
고, 장희원의 첫 소설집『우리의 환대』는 그 '우리'라는 것의
가능성과 불가능성을 둘러싼 집요한 소설적 실험으로 보인
다. 특정한 조건하에서 대상이 보여주는 결괏값을 수집하는
것이 실험의 과정이라면, 실험의 엄밀함을 유지하기 위해서
는 실험 대상 선정을 위한 원칙이 필요하고, 그들이 놓일 상
황과 조건을 섬세하게 조정해야 한다. 그러니 이 소설집이
'우리'의 가능성에 관해 묻는 실험이라면, 충분히 '우리'가 될
수 있으리라 짐작 가능한 대상들에게 어떤 공통의 조건을
부여한 후 이들을 지켜봐야 한다. 장희원이 선택한 공통의

조건은 '부재'. 소설은 부모와 자식, 형제나 연인 아니면 친구 사이처럼 끊어내거나 망각하기 어려운 관계에 묶인 사람들에게 돌이킬 수 없는 상실의 경험을 부여하고, 그 이후에도 여전히 '우리'로 남을 수 있는지에 관해 묻는다. 같은 상실을 경험했거나 혹은 경험했다고 믿는다면 '우리'는 더욱 기꺼이 '우리'로 남을 수 있을까. 물론 이 실험은 소설적 실험이고, 그러므로 실험의 결과는 숫자나 도표가 아닌 감각의 형태로 남는다. 이 실험이 이루어진 공간은 설득의 건축물이 아닌 경험의 장소이고, 그러므로 우리는 메시지 대신 잔상을 해독해야만 한다. 당연하게도 정확한 결론을 얻기는 쉽지 않을 것이고, 어쩌면 해석자는 영원히 이 실험을 종결할 수 없을지도 모른다.

2

데뷔작 「폐차」부터, 그러니까 같은 어머니와 같은 결핍을 공유한 형제의 이야기에서부터 시작해보자.

인적이 뜸한 폐차장에서 일하며 홀로 적막하게 사는 정호에게 어느 날 동생 정기가 낡은 자동차 한 대를 폐차하고 싶다며 찾아온다. 그런데 오랜만에 만난 형제의 풍경이 그다지 친근해 보이거나 편안해 보이지 않는다. 성장하고 난 후 둘은 그다지 많은 시간을 함께 보내지 못했다. 고등학교 졸업 이후 늘 타향을 전전하며 살아온 정기는 이상하게도 얼마 지나지 않아 늘 모친의 곁으로 돌아오곤 했다. 그는 지금도 늙고 병든 모친과 함께 살고 있으며, 모친에게서 멀리 떠나는 데 성공한 정호는 그런 정기에게 늘 미안한 감정을 지니고 있다. 모친은 차마 자애로운 어머니라고는 말할 수 없는 사람이었다. 그녀는 어린 아들들을 낯선 곳으로 데려가 차에서 내리게 한 후 아이들이 두려움에 떨며 한 시간 남짓 헤매고 나면 그제야 차로 태워가는, 학대에 가까운 화풀이를 하던 사람이었다. 그런 시절을 함께 보낸 동생이 이제는 거동이 불편한 노모를 늦은 밤 홀로 남겨둔 채 폐차를 부탁하러 찾아온 것이다. 그것도 차로 치어버린 동물의 사체를 트렁크에 싣고서.

"왜 저런 걸 받았니?" 그는 결국 참지 못하고 물었다.

정기는 그를 빤히 보았다. 정호는 더 참지 못했던 것을 후회하며 다음 신호를 기다렸다.

"어쩔 수 없었어, 형." 정기가 말했다.

"저걸 받지 않고는 갈 수가 없었어. 도저히 앞으로 갈 수 없었다구."

정기는 아무런 높낮이 없이 차분히 말했다. (폐차, p. 87)

정호는 폐차장에 철근 도둑이 나타났으니 어서 가보라는 반장의 독촉을 받고, 새벽에 정기와 함께 컨테이너를 나선다. 차에 죽은 짐승을 싣고 다닌다는 게 가뜩이나 찜찜한 상황인데, 급기야 트렁크에서는 무언가 퉁퉁거리는 소리까지 들려온다. 이제 정호에게 중요한 문제는, 트렁크에 실린 짐승이 고라니인지 개인지 혹은 다른 무엇인지가 아니다. 중요한 것은 저 살아 있는 것을 어떻게 처리해야 할지 모른다는 것이다. 그런데 정기의 행동이 좀 이상하다. 트렁크를 열어보려는 정호의 손길을 정기는 단호하게 가로막는다. "죽을 때까지 기다리자구"(p. 94). 이제 정기가 하는 모든 말은 의미심장하게 들릴 수밖에 없다. '앞으로 나아가기 위해 받아버릴 수밖에 없었다'는 저 무언가가 비록 실제 모친의 육신은 아닐지라도, 어떤 방식으로든 모친과 연결되지 않을 도리가 없다. 폭력적인 모친은 형제의 삶에서 교집합이자 말뚝으로 군림해왔고, 그것은 각기 다른 형태로 형제의 삶을 관통하는 커다란 구멍 같은 것이었다. 그들은 그 어둑한 부재를 거울 삼아 서로의 모습을 비춰보고 또 자신의 삶을 이해해왔다. 그러니 형과 함께 이 낡은 자동차를 납작하게 누르고 싶은 동생의 마음에 고라니 대신 모친이 존재한다

해도 크게 틀린 말은 아닐 것이다.

　그러나 정호는 여전히 살아 있는 것을 트렁크에 방치하는 것이 꺼림칙하고, 동생의 바람대로 행정 절차 없이 곧바로 폐차할 마음도 없다. 그렇게 형제는 아무도 없는 이른 새벽 폐차장에서, 낡은 차에 나란히 앉아 침묵 속에 고여 있다. 그리고 그때 형제의 눈앞에 트럭 한 대가 도착한다. 트럭에서는 다리 한쪽이 없는 아버지와 어린 아들이 내리고, 이들은 서로를 애틋하게 바라보며 힘을 모아 폐차장의 철근을 훔쳐가기 시작한다. 그런 그들을 보고 정호가 차에서 내리려 하자, 정기는 다시 한번 정호를 주저앉힌다. 그러니까 정기는 정호를 두 번 막아선 셈이다. 한번은 정호가 트렁크에서 살아 있는 짐승을 꺼내려던 순간, 다른 한번은 자신의 직장에서 절도 행위를 목격하고 그것을 저지하려던 순간. 누구도 정호의 판단이 옳지 않다고 말할 수 없는 순간에 정기는 정호를 단호하게 가로막는다. 그렇게 형제는 철근을 훔쳐가는 부자의 모습을 한참 동안 지켜본다. 그리고 문득 정호는 트렁크를 열어보지도, 절차를 밟기 위해 반장을 기다리지도 않은 채, 정기의 낡은 차를 압축하여 철근 더미에 갖다 버리기로 한다.

　저 들판에다 버린다고 한들 아무도 모를 것이다. 정말이지 아무도 모를 것이다. 하지만 지금 그는 어쩐지 동생의 눈을 마주 보고 싶지 않았다. 그럼에도 정기 역시 바로 자신과 같은 것을 느낄 거라고 생각했다. 저기 눈부신 햇빛 아래 서로가 온 힘을 다해 부둥켜안고 있는 것 같은 기분…… 저 멀리, 압축기 너머 철근 더미 위에 서 있는 개 한 마리가 보였다. 개는 목을 웅크린 채 이쪽을 향해 컹 하고 짖었다. (p. 98)

3

신춘문예 당선작인 이 소설을 두고 심사위원들은 "이 시대의 희망처럼 빛나는 형제애"라는 평을 건네주었다. 나는 잘 모르겠다. 같은 결핍을 겪었지만 상반된 삶의 궤적을 남기며 살아온 형제가 죽었는지 살았는지 모르는 짐승이 실린 자동차를 함께 부숴버리는 새벽에야 다시 '우리'가 된다는 이야기가 과연 '이 시대의 희망'으로 읽힐 수 있는 것인지. 물론 형제는 어린 시절 모친의 학대를 함께 감당하며 '우리'로 성장했을 것이다. 그러다 자라서는, 언젠가 모친의 차에 타고 있던 형과 타지 못했던 동생으로 나뉘었던 것처럼, 서로 다른 삶을 살아가며 '우리'에서 벗어났을 것이다. 그리고 지금, 더는 나아갈 수 없는 막다른 길을 마주하자 이들은 트렁크에 무언가 담긴 낡은 차를 함께 폐기하며 다시 한번 '우리'가 되기를 소망한다. 그렇다면 이 소설은 다시 '우리'가 된 형제에게 '시대의 희망'을 발견하는 소설일까. 그렇게 읽기엔 지나치게 처연하고도 섬뜩한 구석이 있는 건 아닐까. 오히려 소설은 그 처연한 섬뜩함에 대하여, 비록 "마주 보고 싶지 않"지만 "그럼에도 정기 역시 바로 자신과 같은 것을 느낄 거라"는 걸 묻는 게 아닐까. 혹은 그렇게 만들어낸 '우리'가 윤리나 이상을 기반으로 삼아 성립된 아름다운 공동체는 아닐 수 있다는 의문에서 출발했거나.

그러므로 장희원의 실타래의 한끝은 여기서부터 시작되었다고 할 수 있다. 빛나는 희망이라기보단 곡진한 질문들을 품고서. 이제 질문은 끊이지 않고 이어진다. 공동의 결핍을 경험했다고 해서, 서로의 결핍을 이해할 수 있다고 해서 정말 '우리'가 성립될 수 있는 것일까. 만약 그렇게 해서 가까스로 '우리'가 성립한다면, 그 '우리'는 유대와 연대를 보장해줄 수 있는 걸까. 만약 그 '우리'가 그저 같은 어둠을 껴안고 있는 담벼락에 불과한 것이라면, '우리'는 그 담벼락을 어떻게 해야 하는 걸까. 또는 아무리 공동의 상실과 결여를 절절히 경험한다 할지라도 도저히 '우리'가 성립되지 않는다면, 도대체 '우리'는 언제 어떻게 어떤 모습으로 만들어질 수 있는 걸까.

4

그리하여 이 소설집에서는 젊은 사람들이 갑작스럽게 죽거나 사라진다. "결과적으로 그것은 사고"(p. 23)였으나 '여정'은 폭우와 태풍이 몰아치는 산 아래에서 앞좌석을 최대한 편안히 젖힌 채 누워 있는 모습으로 발견되었고(「폭설이 내리기 시작할 때」), '상주'는 늘 꿈꾸던 겨울 설산에서 아무도 모르게 죽었다(「남겨진 사람들」). 딸은 병으로 갑자기 죽어 버리고(「기원과 기도」), 아들은 죽진 않았지만 한국으로 돌아올 생각이 없거나(「우리의 환대」), "언제나 사람들과 자신을 둘러싼 모든 것으로부터 떠나고 싶어"(p. 128) 하다가 급기야 자해를 시도한다(「Give me a hand」). 어쩌면 우리의 세계는 더는 자연스러운 생로병사가 운명처럼 받아들여지지 않는지도 모르겠다. 소멸의 순서가 보장되지 않는 세상, 누가 먼저 사라져도 놀랍지 않은 세상, 젊은 사람들의 부재를 상상하기 쉬운 세상.

다시 실험의 조건을 떠올려보면, '우리'의 가능성을 타진하는 이 실험에서 대상들에게 부여된 조건은 엄밀히 말해 죽음이 아니라 '상실'과 '부재'다. 그러므로 당연하게도, 나이 든 부모의 자연사보다 젊은 자식이 죽거나 떠나는 상황이 상실과 부재에 가까울 것이다. 이 책에 실린 소설적 실험들은

해설 | 그날 이후, 우리는

이처럼 소멸의 과정을 분석하는 대신 그 이후의 풍경을 관찰한다. '이후의 사람들'은 이미 소중한 사람이 죽었거나 사라진 후의 세상을 살아간다. 그리고 소설은 떠난 이들의 구체적인 사연을 상세히 알려주지 않는다. 소멸의 원인은 중요하지 않다. 죽은 자들, 떠난 자들, 사라진 자들이 딱히 특별해 보이는 건 없다. 그들은 평범했고, 사라졌고, 다만 남은 자들의 기억에 남아 있을 뿐이다. 소설이 묻는 것은, 그 이후에도 '우리'가 가능한지, 그럴 때 '우리'는 어떤 모습을 하고 있을지, 더 나아가 애당초 '우리'가 존재하긴 했는지, 존재했다면 그것은 되찾고 싶은 '우리'인지 하는 것들이다.

5

이제 실험의 결과 해석을 위해 남은 것은 지극히 내밀한 감각들이다. 그것도 사유와 연결되기 쉬운 시각이나 청각보다는, 가장 즉각적이고 직접적인 감각인 미각, 후각, 촉각에 의해 감지된 맛, 냄새, 온도, 습도 같은 것들.

아들을 만나러 미국에 온 '나'는 아시아에서 시작된 것으로 추정되는 전염병이 퍼지기 시작하자 지하철에서 사람들이 자신을 바이러스처럼 대하는 것을 경험하고 수치심을 느낀다(「Give me a hand」). 하지만 사람들의 감각은 바로 그 직전, 조금 전까지 누군가 앉아 있던 지하철 좌석의 "미적지근한 온도"(p. 132)에서 그녀가 느낀 불쾌감과 얼마만큼 다른 것인가. 그녀의 감각은 어디서부터 어디까지 타당할 수 있을까. 그녀가 이렇게 미국에 와서야 감지하게 된 위화감을 그녀의 아들은 집에서도, 한국에서도, 미국에서도 끊임없이 느껴왔다는 사실이 그녀를 더 혼란스럽게 만든다. 그러니 같은 것을 느낀다고 해서, 그 감각을 공유한다고 해서 그 사실이 '우리'를 보장해줄 순 없는 것이다.

이국에서 느껴지는 예민한 불화의 감각은 「우리[畜舍]의 환대」에서 아들 영재를 만나기 위해 호주로 향하는 재현과 아내의 모습을 통해 극명하게 드러난다. 호주에 도착한 재현은 "오래된 퀴퀴한 냄새"(p. 49)가 풍기는 낡은 차를 타고 허름한 주택가 "깊숙이, 더 깊숙이"(p. 52) 들어가며 점점 불안해진다. 그의 눈에 "관리 따위는 되지 않은 오래된 집"(p. 52)의 "지저분한 난장판"(p. 54) 함께 사는 흑인 노인과 어린 여자애와 영재의 모습은 마치 '우리'에 사는 동물들처럼 이물스럽게 느껴진다. 그에게는 이 집의 모든 것이 꺼림칙하다. 마치 입안 구석구석 혀를 굴려 이물질을 걸러낼 때처럼 그의 후각과 미각은 고도로 민감해진다. 흑인 노인의 "따뜻한 숨결이 희미하게 귓가에 닿"(p. 53)자 그의 몸은 금세 굳어버리고, 미적지근한 물의 맛은 "이전에 느껴보지 못한 밍밍한 맛"(p. 55)으로 입안을 텁텁하게 만들며, 흐물흐물하고 "물러터진 멜론"은 "막상 입안에 넣고 나니 단맛이 순식간에 피졌"(p. 57)지만 그래도 더 이상 손이 가지 않는다.

그를 위해 약간의 변명을 해보자면, 그도 노력이라는 걸 하지 않은 건 아니다. 영재의 새로운 삶으로부터 새어 나오는 빛을 그라고 전혀 모르는 건 아니다. 영재가 꾸린 '우리'를 '우리[畜舍]'로 보지 않기 위해, 그도 나름대로 열심히 "더듬더듬 손을 뻗"(p. 69)어본다. 그러나 그가 아무리 안간힘을 쓰며 "코를 킁킁"(p. 51)대도 그의 눈은 움찔움찔 떨릴 뿐 뜨이지 않고, 이제 영재와 재현이 함께 속한 '우리'는 다시 만들어지지 않을 것이다. 그렇다면 아들을 잃었다는 공통의 상실을 경험한 재현과 아내가 '우리'일 수 있는 걸까. 안타깝지만 그렇게 말하기도 어려워 보인다. 둘이 잃은 것은 그러나 같지 않았다. 영재에게 가져갈 짐을 꾸리며 남편을 향해 "당신은 몰라 (……) 이게 다 필요한 것들이야"(p. 41)라고 힐난했던 아내 역시 정말 영재에게 필요한 게 무엇인지는 알지 못했다. 이들이 생각하는 아들은 실제 영재와 각기 다른 방식으로 어긋나 있고, 그런 의미에서 부부는 결코 '같은 아들'을 가져본 적도 잃어본 적도 없는 셈이다.

6

물론 평균적인 이성애자 중년 남성이 타국에서 폴리아모리적 관계를 꾸려가는 아들을 똑바로 마주하기란 결코 쉬운 일이 아닐 것이다. 그러니 이번에는 조금 더 '평범한' 상황과 장소로 이동해보자. 「폭설이 내리기 시작할 때」에서 '재희'와 '나'는 여정의 아버지 댁에 찾아간다. 몇 년 전 여정이 죽은 후 그녀의 아버지는 시골로 내려가 농사를 지으며 살고 있었는데, 어느 날 여정의 친한 친구였던 우리에게 보고 싶다며 놀러 오라고 연락을 한 것이다. '나'는 순순히 초대에 응하긴 했지만, 친구가 없는 친구의 집이 그리 편하진 않다. 그리고 이렇게 불편한 마음으로 타인의 영역에 들어갈 때, 마치 접을 수 없는 더듬이를 지닌 것처럼 끊임없이 습도와 냄새를 감지하고 구석구석 쌓인 먼지와 흠집을 수색하기 마련이다. '나'는 이곳이 "음습하다"고, 근처의 수로에 "차곡차곡 시간을 두고 쌓인 잎들이 물길을 막고 있"(p. 12)는 것 같다고 생각했고, "무언가 시간을 두고 천천히, 아주 조금씩 썩어가는 냄새가 나는"(p. 13) 것처럼 느껴졌다.

당연히 이러한 감각은 홀로 남은 친구의 아버지를 보는 불편하고도 안타까운 마음과 연동한다. 처음에는 "오래된 집 특유의 퀴퀴한 냄새가" 거슬리고, 그러다 "깔끔하게 여기저기 청소한 흔적"(p. 15)을 발견하며 안도하기도 하고, 차츰 그 냄새와 훈기에 익숙해지면서 노곤해지기도 한다. 그러나 죽은 친구의 집에서 느껴지는 복잡하고 양가적인 감정은 쉽게 사라지지 않는다. 이 감성의 파고는 여정의 아버지가 보내주었던 "물러터진 자두의 맛"처럼 한마디로 요약되지 못한다. 농익은 자두는 막상 먹어보니 달콤했지만 "먹고 나면 손이 끈석"(p. 17)해졌고, 몇 개는 맛있게 먹을 수 있었지만 도저히 다 먹을 순 없어서 버려야 했다. 이곳에서 친구의 아버지가 챙겨주는 것들도 마찬가지다. 양배추는 크기만 컸지 잎은 시들했고, 주전부리는 그 양이 지나치게 많아 더부룩한 체기로 남는다.

그렇다면 이 소설은 딸을 잃은 아버지 대신 같은 친구를 잃은 '나'와 '재희'가 '우리'가 되는 과정을 그린 것일까. 글쎄, 그렇게 말할 수도 없을 것 같다. 둘은 같은 경험을 했다고 믿으며 같은 장소에 앉아 같은 풍경을 바라보지만, 서로 같은 것을 보고 있는지조차 알 수 없다. 재희는 눈이 온다고 말하지만 '나'가 본 것은 타고 남은 불씨이고, 재희는 눈을 감았다 떠보면 "뭔가가 달라질 거라는 것처럼 말"하지만 내 눈앞에 보이는 것은 "아까와 조금도 달라지지 않는 풍경"(p. 34) 뿐이다.

7

그러니, 같은 상실을 경험한다는 것은 애당초 불가능에 가까울지도 모른다. 어쩌면 같은 상실을 경험하는 대신, 누군가의 고통을 곁에서 지켜봐주는 것이 '우리'가 되는 방법일 수도 있다. '나'는 괴팍한 아버지의 간병인 노릇을 해야 하는 혜주의 고통을 곁에서 지켜보며 그해 여름을 혜주와 함께 보낸다(「혜주」). 그 여름, 아마도 '나'와 혜주는 '우리'가 될 수 있다고 믿었을 것이다. 하지만 혜주를 안쓰러워한 '나'가 혜주의 고통이 자신의 것이기도 하다고 착각한 순간, 그 관계는 빠르게 파국을 맞이한다. 물론 '나'는 억울할 것이다. 충분히 시간과 노력을 들여 성심성의껏 그녀를 도왔으므로. 그러나 상대의 고통을 디딤돌 삼아 '우리'로 들어가는 일은 언제나 이토록 아슬아슬할 수밖에 없고, 영원히 더울 것 같았던 계절도 반드시 지나가기 마련이다. 언젠가 아이스크림을 먹고 싶어 했던 혜주를 떠올리며 '나'는 아이스크림을 사가지만, 혜주는 "이가 시려서 더는 못 먹겠다며"(p. 121) 냉동실에 넣어버린다. 더 이상 함께 아이스크림을 먹지 못하게 된 것은 '나'의 잘못도 혜주의 잘못도 아니다. '나'에게 거리를 두기 시작했던 혜주 역시 '나'의 마음을 곡해하진 않았을 것이다. 다만, 그해의 여름이 지나간 것이다.

그런 계절이 있다. 돌이킬 순 없지만 분명 존재했던 계절이, 너와 내가 '우리'였던 한 시절이. 그러나 "계절은 계속해서 변"(p. 122)하고, 삶은 그보다 훨씬 길게 이어진다. 물론 이 말이 누군가의 곁에서 '우리'가 되기 위해 노력했던 시간이 헛된 것이었다고 말하는 건 결코 아니다. '나'와 혜주가 '우리'였던 계절이 길지 않았을지라도, 그 시절은 분명 존재했다. 비록 혜주가 기억하는 '나'와의 계절과 '나'가 기억하는 혜주와의 계절이 온전히 같은 것은 아닐지라도, 시간이 흐른 후 꺼내본 아이스크림에는 "놀랍도록 단맛이 그대로 남아 있"(p. 121)다. 혜주와 함께 했던 여름이 속절없이 지나가듯, 대체로 상실을 깨닫는 순간은 뜨겁고 당혹스럽고 어지럽고(「Give me a hand」「우리의 환대」「기원과 기도」), 상실 이후의 풍경은 춥고 고요하고 황량하다(「폭설이 내리기 시작할때」「폐차」「남겨진 사람들」「작별」「우리가 떠난 자리에」). 계절은 무수히 피었다 지고, 우리는 영원히 잊히지 않는 계절을 해독하며 살아간다.

이렇게 상실 이후 우리의 마음에는 경계가 형성되고 풍경이 만들어진다. 그렇다면 소설은 상실 이후의 애도나 애도의 불가능성에 관해 말하고 싶은 것일까. 그렇지는 않아 보인다. 유진은 소중한 사람이 사고로 죽은 장소에 서서 문득 "자신이 무언가를 기다리고 있다는 것을 깨"닫지만, 그것이

"결코 닿을 수 없는 것"이라는 사실을, 단지 자신은 "바로 그 앞에 서 있"(「남겨진 사람들」, p. 165)을 뿐이라는 사실을 동시에 받아들인다. 현주는 죽음 이후에도 왜 어떤 마음은 사라지지 않는지 "왜 그 마음을 항상 저버릴 수 없"(「기원과 기도」, p. 193)는지 자문하지만, 그러다 동생과 함께 "우리는 무표정한 얼굴로 말없이 그 풍경을 마주"(p. 194)한다. 이미 헤어졌지만 예전에 함께 살던 집을 "오랫동안 살았던 흔적"이 없도록 "처음의 모습 그대로"(「우리가 떠난 자리에」, p. 200) 돌려놓기 위해 만난 연인은 "이곳에 다른 무언가가 더 있지 않을까, 라는 마음으로 무언가를 기다리"(p. 211)며 나란히 같은 곳을 바라본다.

대체로 이들 소설에 등장하는 인물들은 애도의 성공을 서둘러 희망하지도, 그렇다고 애도의 불가능성을 장엄하게 안고 살아가지도 않는다. 그 모순적인 마음을 모두 품은 채 그저 '그날 이후'를 살아간다. 엉켜 있고 녹아 있는 용액처럼 분리되지 않은 채. 진부한 말이지만, 삶은 계속된다. 그리고 정확히 바로 그만큼 죽음과 상실도 계속된다.

*

아이의 손에서 인형을 빼앗아 처음으로 상실의 경험을 선

사하는 사람이 실은 그 아이를 가장 사랑하는 부모인 것처럼(「작별」) 삶은 '작별' 이후 '남겨진 사람들'의 것이고, 소설가는 그들을 사랑한다. 어쩌면 우리는 죽음에 드라마를 부여하지 않고도 죽음을 말할 수 있을지도 모른다. 운이 좋다면, 상실의 경험 위에 의미와 주석을 붙여 삼켜버리거나 반대로 그 앞에 납작 엎드려 먹혀버리지 않고도 상실에 관해 이야기할 수 있을 것이다. 결국, 이 소설들은 단 한 번도 '우리'가 지켜질 수 있다고 환호하거나 확언하지 않는다. 다만 '우리가 떠난 자리'를 담담히 바라보며, 과장하거나 봉합하지 않고 정직하게 이야기하길 희망한다. 언젠가 그 자리에 "우리 모르게 숨어 있는 것들이 모두 나오는 순간을"(p. 211) 기다리며, 그때의 '우리'가 지금의 '우리'와 아주 같지는 않길 간절히 기원하며.

언제나 좋은 글을 쓰고 싶은 바람이 있지만, 생각만큼 그것이 잘 이루어지진 않는다. 아마 영원히 채울 수 없는 목마름 같은 것이 아닐까, 생각한다.

하지만 그럼에도 쓰고 있고, 쓰고 싶다.

글을 쓸 때마다 나를 미워하고 있으면, 옆에 있는 사람들이 나를 좋아한다고 말해주었다. 그 말에 몸과 마음을 기대면서도, 대체 나의 어떤 부분을 좋아하는 걸까 초조해했다. 그게 뭘까. 내 눈엔 보이지도 않는데. 무엇인지조차 모르겠는데. 하지만 마찬가지로 나도 그런 방식으로 그들을 좋아하고 있었다는 것을 깨달았고, 다시 마음껏 그 말에 기대었다.

어쩌면 세상은 그런 알 수 없는 것들로 이루어진 곳일지도 모르겠다.

우리 모두에게는 자신조차 모르는 너무나 많은 면이 있고, 당신의 눈에서조차 보이지 않는, 당신이 갖고 있는 그 작은 한 점에 누군가는 자신의 마음을 두고, 살고 싶어진다는 것.

좋은 글에 대한 답은 매순간 변하지만, 그 글에 누군가가 마음을 두고 싶은 자리가 있으면 그것으로 충분한 것이 아닐까, 하고 생각한다. 부디 내 글에도 그런 자리가 조금이나마 있기를 바란다.

근근이 만나 그 계절의 과일을 나누어 먹는 사람들과 친구들에게, 무람없이 좋아하는 것을 나누는 기쁨을 알려주신 소진 선생님과 문학과지성사 분들, 누군가의 첫 소설을 소개하는 일이 기쁨이라는 이소 선생님께도 감사 인사를 드린다.

모두
자신에게 기대고 있는 누군가의 마음을 잊지 않기를.

2022 겨울
장희원

수록 작품 발표 지면